ポンコツヒーロー

タカハシナナ

文芸社

この本は

すてられた私が

ヒーローになるまでの

物語

目次

1章　アンコク期

2章　カンペ期

ポンコツヒーロー

1章　アンコク期

お父さんは「こわい人」

それは私が5歳くらいのことだったと記憶している。

私は家のリビングのカーテンにぶら下がって遊んでいた。体を大きく揺らすと、ブランコに乗っているようで気持ちがよかったから。

すると、兄がぼそりとつぶやいた。

「お父さんに見つかったら、また大変なことになるぞ」


バチ――――ン！

私は突然の衝撃を受け、ドスンと床に落ちた。

ドスッ！

「うっ……」

「なにやってんだ！」

父が大声で怒鳴る。私を叩く、蹴る。

ガーン！

「うっ……うぅ……」

「カーテンはぶら下がるもんか？　ほら、立て、立て、立て！」

父は、私の顔をぶちまわし、叩き続け、蹴り続ける。

母がドアの蝶番《ちょうつがい》のすき間から、じっと私を見ていた。

「この、バカが！　この、できそこないが！」

父は息を切らせながら、私が立てなくなったことを確認すると立ち去った。

頭はガンガン、頬はジンジン、耳の中はワンワンする。腕も背中もズキズキ痛む。

私は床に倒れたまま、涙があふれてくる目でボーッと天井を見ていた。


「大変なことになる言うたじゃろ」

近寄ってきた兄が無表情で私を見下ろす。

涙が、あおむけの私の耳につたう。

「お父さんのことは、だんだんわかるって。立てるか?」

私は痛みをガマンしながら、感覚のない腕をついて体を起こした。耳はまだよく聞こえない。口の中は変な味がする。

顔はどうなっているだろう。たぶん、母と同じような顔になっているんだろう。またしばらくの間、外には出られない。

「……お母さんは?」

「ごはん作っとる。遅くなったら、お父さん怒るけぇ。あ、でも、今日は家で食べんって言っとった」

母はいつの間にか台所にいて、いつもどおりに料理をしていた。

私はじっと母を見つめた。

どうして守ってくれないの?

なんだか聞いてはいけない感じがした。


私が生まれたのは広島県。父、母、兄、私の4人で暮らしていた。

父は不動産業を営んでいて、お金はずいぶんと持っていたようだ。生活はすごく派手。寿司職人を家に呼んで、目の前で握ってもらうようなことも珍しくなかった。けれども、私にとっての父はこわいものでしかなかった。こわくてたまらなかった。母と私は、日常的に暴力をふるわれていたから。

兄も殴られはしたけど、すぐに謝って、その後は殴られそうなことはしなかったから、そんなに見た記憶がない。

ときどき、同じ広島に住んでいる母の姉（私の伯母）が泊まりに来た。伯母は、父が私たちに暴力をふるうことを知っていて、気がかりだったんだと思う。

母と私は、顔のハレが引き、アザが目立たなくなると、外出して用事を済ませるのがお決まりになっていた。

ある日、スーパーで買い物をしたついでに、銀行に立ち寄ったときのこと。

母が窓口の行員さんから、声をかけられた。

「額から血がにじんでますが、大丈夫ですか？」

それは、父が投げた茶碗が命中してできた傷口だ。すごいスピードで飛んで、母の額にバンッと音を立てて当たった。中に入っていたごはんは、ちらばった。

母は慌てて前髪を直しながら言った。

「大丈夫です。大丈夫ですよ。ぼーっとしとって柱にぶつけたんですよ。いやね」

母はどうしてうそをついているんだろう。

「……そうですか。お気をつけてお帰りください」

「ありがとう」


銀行を出ると、母はすぐに話しかけてきた。

「お父さんは立派な人。素晴らしい人なんよ。私たちをとても愛してくれとる。わかっとるよね？」

「……うん」

「だけど私が怒らせてしまうから……私が悪いんよ。お父さんが正しい。お父さんが正しいのはわかるじゃろ？」

「はい」

母が言うことも正しい。私が叩かれるのも蹴られるのも正しい。

私がバカで、悪い子だから。できそこないのいらない子だから。いらない子は、たくさん叩かれたり蹴られたりしたほうがいいってわかっている。

その日の夜も、母は父に土下座をしていた。父が立ち去っても、母は額を床につけたまま震えていた。

ごはんを食べていた私は、ちょっと迷ったけれど、そばに行って声をかけた。

「お母さん？」

母はゆっくりと顔を上げ、両手で左頬をおおった。

また、ぶたれたんだ。

「ごはんは、食べ終わったん？」と背中越しに聞く母。

「今、食べとる」

「まだ食べ終わっとらんの？　お母さんのことはええから、はよ食べんさい。いつもいつも、本当に食べるのが遅いんじゃねぇ」

「ごめんなさい」

私はすぐにテーブルに戻り、食事を無理やり口の中に詰め込んだ。

口の中が痛くて、うまくかめない。

母の避難

ある日、母は慌てた様子で、旅行のときに使う大きなかばんに洋服を詰めはじめた。手には包帯を巻いている。

「おばちゃんのアパートに行こう。持っていきたいものをはよ用意しんさい」

母は急かすように、兄と私にそう言った。

「どうしたん?」と私は聞いた。

「いいから!」

「なんで? ……お母さん、手はどうしたん? 痛いん?」

「大丈夫。大丈夫じゃけぇ、お願いだから、はよ用意して」

アパートの玄関を開けた伯母は、私たち3人を見て、かわいそうなものでも見るような目をした。

「さあ、中に入りんさい」

伯母と母はイスにゆっくり座り、「ふたりは遊んどいて」と兄と私に言った。

「見て、この手」

母は包帯を取り、伯母に手を見せた。ハレあがり紫色になっている。

「角柱でぶたれて、指が折れたんよ。この2、3日ずっと痛いし、思うように動かん」

「なんでここまで……」

「物も持てんし、今もしびれとる。だから、やかん……熱いお湯が入ったやかん、落としたんよ。そこに、この子がおって……」

兄を見つめる母の目が涙でいっぱいになっていく。

「大やけどさせたんじゃないかって、心臓がはねあがって……。一歩まちがえたら、私、この子を死なせとったかもしれん」

伯母はふうと息を吐いて言った。

「ようやくあんたが気づいて、よかったよ。とりあえず今日はゆっくり休みんさい。明日のことは明日考えよう」

今でも、あの日の母の焦った様子をはっきりと覚えている。

幼い私にも、私たちは家を逃げ出したことがわかった。だからといって、これからは父に暴力をふるわれることがなくなるとはなぜか思えなかった。それほどこわいものだった。

伯母のアパートの部屋は六畳一間だった。４人ではとても狭く、長く生活するのは無理があることは私でもわかった。

私たちはどうなるんだろう。

でも、母は「今逃げないといけない」と感じたのだろうし、逃げる場所は伯母のところしかなかったんだと思う。

こわくないお父さん

家を逃げ出したあと、母は仕事人間になった。

「結婚してからも仕事を続けたかったのに、できんかった反動よ」と伯母は言った。

実際、母は父に負けず劣らず〝できる人〟だったらしい。すぐに不動産関係の会社をたち上げ、バリバリ働きだした。

母、兄、私は伯母のアパートを出て、3人で暮らしはじめた。しかし、仕事人間に戻った母は、家にはほとんどいないし、遠足や運動会があっても、お弁当を作ってくれるようなことはない。友だちの手作り感あふれるお弁当の前で、コンビニ弁当を開けるときは本当に恥ずかしかった。

伯母にそのことを打ち明けると、さっそく作ってくれた。彩りこそない昔ながらの地味なお弁当だったけれど、とてもうれしかった。

父と母は離婚をし、父は福岡に引っ越したと聞いた。そこで新しい奥さんと暮らしているらしい。父を置いて家を出たのは私たちだけど、父に捨てられたんだ、と感じることもある。できればそう感じないようにしたかった。


小学4年生になったころのこと。私はそれまでずっと、どの家のお父さんも家族に暴力をふるうものだと思っていたがどうやら違うらしい、こわくないお父さんもいるということを知った。

テレビを見ていたら、父と娘がギューッと抱き合うところが目に映った。父親が大きく両手を広げて娘を待っていて、そのあと両腕でがっしりと娘を抱きしめた。

お父さんに抱きしめられるって、どんな感じなんだろう？

お父さんにギューッとされたら、どんなにおいがするんだろう？

そのテレビを見てから、頭の中が混乱することが多くなった。

父が暴力をふるう記憶は、なんだろう？

なぜ母は私たちが悪いと言ったんだろう？

本当に私の記憶なんだろうか？

誰かほかの人の記憶が入り込んできたのか？

心の中がモヤモヤして落ち着かない。


「……ナナちゃん、ナナちゃーん、ナナちゃんってば！」

振り向くと、サオリちゃんだった。

「ん、何？」

「もう、ぼーっとしとったでしょ」

「あ、ごめん」

「ねぇねぇ、今日の放課後、遊ばん？　家に来ない？」

「ウチが行って、ええん？」

「うん。そうだ、お父さんの事務所に行かん？」

「お父さん、おるん？」

「おるけど、ええよ。お父さんがええよって言っとるから」

「……う、うん」

「じゃあ、あとでね」


サオリちゃんと別れてから考えた。

お父さんがいるところへ遊びに行って、本当に大丈夫だろうか？

ランドセルから家のカギを出して、玄関を開けた。中に入ると、食卓の上に1000円札が2枚置いてある。母が置いたものだ。兄と私、1000円ずつで夕ごはんを食べなさいということ。いつも、こんな感じだ。

私はランドセルを置いて、1000円をつかむと、すぐに家を出た。

「やあ、いらっしゃい」

玄関を開けてくれたのは、サオリちゃんのお父さんだった。大きな手が私の頭を目がけて伸びてくる。思わずしゃがみ込んで、頭を腕で覆った。

「あの……ごめんなさい」

「びっくりさせちゃった？　頭ポンポンって歳じゃないか！　おじさんこそ、ごめんな」

しゃがみ込んだ自分にハッとする。

「ごめんなさい」

「さぁ、あがって。おーいサオリ、ナナちゃん来てくれたよ。今、来るけぇね。あがってあがって」

「失礼します」

「なんだなんだ、ナナちゃん、礼儀正しいなぁ。おじさんびっくりじゃあ。サオリに教えてやってよ。あいつ『失礼します』なんて知らんのじゃないかなぁ」

「ナナちゃーん！　お待たせ！　来て来て。あ、お父さん、私だって『失礼します』くらい知っとるよー」

「聞いとったんか。そういうの地獄耳って言うんで」

「もういいから、はよお菓子買ってきて。私の好きなのわかるじゃろ？」

え、お父さんにお使いを頼むの？　私は思わず言った。

「ウチ、買ってくるよ。お父さんに頼むのは……」

「いいの、いいの。お父さんが行くけぇ。ね、お父さん！」

「はいはい。よし、じゃあ行ってくるか」

サオリちゃんのお父さんは、ポケットに財布を入れると、家を出ていった。

「ごめんね、お父さんがおって。好きに遊んで大丈夫だから。気にせんで」

「ねぇ、お父さんって、いつもあんな感じなん？」

「あんな感じって？」

「しゃべったりとか」

「そりゃ、しゃべるでしょ。親子じゃもん」

「ウチと話すときみたいじゃったよ」

「ふつうだよ。何か変だった？」

「なんか、初めて見たっていうか……」

「いつもと一緒だよ。ねぇねぇ、何する？　お人形で遊ぶ？」

私は父と話すとき、小さいころからずっと敬語だ。目を見ることすらできない。

サオリちゃんはお父さんと友だち同士みたいに話していた。私にも友だちみたいに話しかけてきた。そういえば、さっきの手、すごくふわっとしていた。

なんだろう？


「ただいまー、買ってきたぞー」

サオリちゃんはお父さんの手からビニール袋を奪い、のぞきこんだ。すると、「チヨコ味じゃない！　いちご味のだよ！」と大きな声を出した。そして「もう一回行ってきて！」と言った。

私の心臓がバクバクと騒ぎだす。思わず奥歯をグッとかみしめる。

「ああ、ごめん。まちがった！」

お父さんはゲラゲラと笑いだした。サオリちゃんもゲラゲラ笑っている。

なんで？

「もうええよ、チョコ味で。ナナちゃん、ごめーん」

「あ、ウチは全然……」

なんで？

「ていうか、あれ？　お父さん、なんかくさくない？　やだー」

何を思ったのか、サオリちゃんは急に「くさい」と言い放った。私はサオリちゃんが怒られるんじゃないかとこわくなって、下を向いた。

でも、お父さんは「くさいかぁ？」と言って、自分の洋服のにおいを嗅いで「確かにくさいな」と変な顔をして見せた。

なんで？

サオリちゃんはお父さんに怒鳴られない、叩かれない、蹴られない。


なんで？


そこには私の知らない「こわくないお父さん」がいた。

気づいてしまった。

私がお父さんと思っている人は「お父さん」ではない。

うれしくないプレゼント

父のいない生活に慣れはじめたころ、福岡にいるお父さんだと思っていた「あの人」が急に現れた。それからときどき私たちを訪ねてくるようになった。誰かの誕生日やクリスマスにはプレゼントを持ってやってくるし、お正月にはお年玉を持ってくる。

私は「ありがとうございます」と言って受け取るけれど、プレゼントだなんて思ったことはない。包みを開けるとき、全然ドキドキもワクワクもしない。そこに私の欲しい物が入っていないことはわかっているから。私の好きな色すら、あの人は知らない。

私が11歳になった日も、あの人が来た。

「ナナ、プレゼントだ」

母と兄と私、３人を食卓につかせると、上機嫌で紙包みを渡してきた。

「ありがとうございます」

「開けていいぞ」

父が自慢げに言う。

「はい」

黙って包みを開けた。

入っていたのは細長い箱で、中身は万年筆だった。そういえば、クリスマスには大人の女の人がつけるような腕時計をもらった。一度もつけていない。どこに置いたのかも思い出せない。

「どうだ、高級品だぞ。ナナの友だちは、誰も持ってないだろ」

「いつもありがとうございます」

私はそう言って笑って、父を満足させてやる。これでいい。

母は「お風呂に入るので失礼します」と立ち去り、兄は「ぼくは寝ないと。おやすみなさい」と言って、立ち上がった。私も……と思ったら、呼び止められた。

「ナナ。ナナは、座りなさい」

「あ、ウチは……はい」

さすがに、怒鳴られたり、殴られたりはしないだろう。でも、なんだろう？　久しぶりに食らう緊張に、胸のあたりがザワザワしはじめる。

あの人は、イスの背もたれに寄りかかり、体を大きく反らせると、ゆっくり私の顔を見た。

「お父さんのこと、嫌いか？」

「…………」

「どうだ？」

「いえ、嫌いでは、ないです」

「そうか」

「…………」

「いろいろあったけど、お父さんはナナが好きだ。大切に思っている。本当に大切だ」

一瞬、混乱した。予想外の言葉だった。

「いいか、今から言うことは、お母さんには秘密だ。お前だけに話す」

「……はい」

「福岡の新しい家に、ナナのための部屋を用意した。いつ、お父さんと暮らしたくなってもいいようにな。家じゅうに、ナナの小さいときの写真をたくさん飾ってある」

「え？」

「どうだ、すごいだろ？　まずは、遊びに来るか？　いつだって遊びに来ていいんだぞ。お父さんの奥さんには、ナナのこと、ちゃんと話してある。あいつは、ナナのお母さんとは違う。すごくできた女だ。『ナナちゃんのお母さんになるの楽しみ』とまで言ってるんだ。いつ来てもいい」

あの人が言っていることがよくわからなかった。

「……はい」

「お父さんはな、ナナを愛してるんだ」

愛してる？

体が、心が、不思議な感覚になった。のどのあたりはふわっと温かいけど、体の中は凍ったままの冷凍食品のようだ。

テレビで見たあの場面に、両手を広げた父が重なった。

それからもあの人は、家に来るたびに「大切」「愛してる」「待っている」と繰り返した。暴力をふるわれた日々からは考えられないけれど、何度も聞いているうちに、これがあの人の本当の気持ちなのかもしれない、と思うようになってきていた。

台所の隅にある小さな勉強机に座り、殺風景な家を見渡す。この家には自分の部屋すらない。そして、目を閉じて想像する。福岡にある私の部屋ってどんなだろう？

あの人の奥さんは「来年中学生の女の子なら、こういうのが好きなんじゃないかしら」と言ったりしながら、いろんなものを買ってくれているらしい。

カーテンはきっと、きれいなレースだろう。ピンクだといいな。脚がついたかわいらしいチェストがあって……そこまで考えたところでやめた。

その家にはあの人がいるんだ。浮かれてしまった自分が恥ずかしくなった。


ある晩、お菓子の箱にお気に入りのキャラクターのシールを貼って、自分好みの入れ物を作った。この中にお小遣いを貯めていくことに決めた。

あの人に愛される日が、私にも来るのかもしれない。そんなことがあるわけないと戒《いまし》める自分と、かすかな期待をしてしまう自分がいた。

年齢が上がるにつれ、母と折り合いが悪くなっていった。母は「仕事をしているときが一番楽しい」と言い、家を出ていく。いつ帰ってくるかわからない。仕事をしているんだろうけど、私には自分勝手にしか思えない。顔を合わせれば、ちょっとしたことで口げんかになる。

すると、「そんなにお母さんがイヤなら、お父さんと暮らせば？」と、母は決まって言うようになった。

私の居場所はどこにもない、という思いがどんどん大きくなっていった。それと同時に、あの人の「大切」「愛してる」「待っている」が湧いてくるようになった。

小学校の卒業まで残り数カ月になったころ、母が楽しそうに話しかけてきた。

「ちょっと、出かけん？」

母が楽しそうな声を出すときは、決まって仕事のことだ。

「また仕事に付き合わされるんでしょ？」

私はよく「お出かけ」という名目で、母の仕事の手伝いをさせられる。不動産の仕事をしている母は、気になる物件があると見たくて仕方ないらしく、勝手に他人の所有地に入ってしまう。その間、私が見張り役をさせられるのだ。

「行かん。寒いし。そもそも、子どもに手伝わせるってどういうつもり？」

「ふたりで出かけられるんじゃけぇ、ええじゃない」

「そんなの求めとらんし、ウチは行かん！」

「はぁ？　おもしろくない。あんた、お父さんとこ行きんさいよ。お父さんと暮らせばええじゃん」

もう何度言われたか、おきまりのセリフ。でもこのとき、私はこのセリフを待っていた。

今の私には、あの人と暮らすという選択肢もある。言いたい放題の母とガマンして暮らす必要なんてない。

自分の机の引き出しから、手作りした小遣い箱を出してきて、母の前に置いた。

「じゃあ、お父さんとこ行くわー」

「なんね、これ？」

「ウチが福岡行かんと思っとる？　お父さんはウチのこと大好きで、一緒に暮らしたい言うとるけぇ」

箱のふたを取り、貯まったお金を見せた。

「ウチが、お母さんのその言葉に、いつまでもガマンすると思っとった？」

箱の中身から視線を上げた母は、私の顔をじっと見つめた。そして脅かすような大声で言った。

「やれるもんなら、やってみんさいや！」

私は箱をつかんで、そのまま家を飛び出した。

お父さんのところに行くと決めた。


新幹線の切符を買うのには苦戦した。でも、駅員さんに聞いたりしながら、どうにか福岡行きの新幹線に乗ることができた。

お金はもうほとんど残っていない。駅からどうやって行ったらいいのかもわからない。でも私の中に不安やこわさはなかった。

お父さんはどんな顔をするだろう？　喜んでくれるだろうか。

私の部屋ってどんなだろう？

それから、新しい奥さんってどんな人だろう? きっとやさしい人なんだろうな。「ナナちゃんのお母さんになりたい」って言ってくれているくらいだから。

そう想像すると、なんだか心地よかった。


博多駅で降りたあとは、タクシーに乗った。「今持っているお金だと足りないかもしれません。着いたらお父さんが払ってくれます」と言って、運転手さんに父の家の住所を書いておいた紙を見せた。

運転手さんは「この住所で、大丈夫かい?」と聞いてきた。私は「はい」と頷いた。


「じゃあ、お嬢ちゃん広島からひとりで来たんか?」

「そう」

「すごいなー。で、今から向かう家が新しい家で、お父さんと暮らすとね?」

「そうなんです」

「それはお父さんもうれしかねー」

後部座席からもわかる運転手さんのなんだかうれしそうな様子に、

「うれしい……ですかね？」

と、つい聞いてしまった。

おかしな質問をしてしまったのか、運転手さんは一瞬考えて、すぐに大きく笑いながら言った。

「そりゃそうたい！　娘が会いに来て喜ばん父ちゃんなんておらんやろ」

その答えにほっとした私は自分から話しはじめた。

「私のためにかわいい部屋を用意してくれてるみたいで」

「そうかい、そうかい」

「赤ちゃんのころからのウチの写真がたくさん飾ってあるみたいで」

「そうねそうね」

私の心がはずんでいるのがわかる。

「どんな部屋なのか楽しみです」

「それは楽しみやねー」

私と運転手さん、ふたりでルームミラー越しに笑い合った。

「ナナの写真」は？

「ほれ、ここだ」

着いたのは、大きな家だった。タクシーの乗車料金はやっぱり足りなかった。

「すぐにお父さんがお金を持ってきますから、待ってて！　おじさん、ありがと！」

そう言って、私は玄関に走った。

ピンポーン。

「はーい」

呼び鈴を鳴らすと、声がした。女の人の声。きっと、新しい奥さんだ。

なんて伝えたらいいいだろう？　呼吸と前髪を整えたりしているうちに、扉が開いていく。

私の目に飛び込んできたのは、ひとり、ふたり、さんにん、そして赤ちゃん。4人の小さな子どもと女の人だった。え？　子ども？

「どなた？」

「あ、あの、あ……ウチ、じゃなくて、私は……えーと、ナナです」

「ナナ？　え、やだ、どうしよう。ちょっと待ってくださる？　夫に連絡しますから」

父の新しい奥さんらしき人は、慌てて家の中に戻っていった。

気になるのは、下の方からの視線。子どもたちが私を見上げている。

「誰？　お客さん？」

「ナナっていうの？」

「そ、そうだよ」

「何しに来たの？」

「何って、それは、あの……」

「ほらほら、ごめんなさいね。お部屋で遊んでなさい。あの、ナナちゃん、夫は急いで帰ってきますから。奥の部屋にお通ししますね」

「……すみません」

なぜか謝ってしまった。

想像していたのとあまりに違う状況に動揺した。新しい奥さんはよそよそしい。それより何より、子どもがいるなんて聞いてなかった。

案内された部屋の棚の上には、所狭しと写真が並んでいる。近づいて見ると、写っているのはさっきの4人。笑った父が一緒に写っているものもある。

隅から隅まで見ていく。けれど、そこに「ナナの写真」はなかった。

さっきまで息が上がるほどはずんでいた私の気持ちが、急速に冷めていくのがわかる。

どれくらい待っただろう。私が通された部屋には誰も来ない。部屋の外から、あの子どもたちの笑い声がたまに聞こえてくるくらい。

お父さん、私がいつ来てもいいように準備をしていたんだよね？　私の部屋はあるんだ……よね？

「ナナ？」

ふと、呼ばれた。開いたドアの先に、お父さんが立っていた。

驚いたのは、父の格好だ。私がずっと見てきたのはスーツ姿だけれど、目の前にいる父はポロシャツに短パンだ。

「どうした？　ひとりで来たのか？　まったく、来るなら来ると連絡せんか」

父の慌てたような様子を見るのは初めてかもしれない。

「はい……あ、タクシー、ウチ、駅からタクシーで……」

「ああ、支払いは済ませた。それより、おまえ、すごいな、金も持たずに来るなんて」

「いつ来てもいいって……」

そう言いかけたとき、

「パパァ」

と、子どものひとりが部屋に入ってきた。そして父の膝の上に勢いよく座った。

私はとっさに、体に力が入った。

「おーっとっと。どした？　遊びたいのか？」

父はそう言って、その子の頭をなでた。

なんで？

理解できなかった。

すると、その子は父によじのぼりはじめた。服を引っ張って、髪の毛をつかみながら。父のやわらかな顔、困ったように笑う顔を私は初めて見た。

テレビで見たようなお父さんがいた。この子たちはお父さんのにおいを知っている。

「ナナ、この子たちは、お前の弟と妹だからな。守っていくんだ」

守る？

「あの、ウチが……ですか？」

「そうだ。ナナが守るんだ。かわいい弟と妹たちだ。たくさんやさしくしてやってくれ」

なんで？

「ただ、一緒に暮らせないのが残念だがな」

心が割れる音がした。はっきり聞こえた。


バカだ。

ウチはバカだ！

バカだ、バカだ、バカだ！

ハレあがる耳で「バカな子」だと何度も聞いてきたはずなのに、少しばかり甘い言葉をかけられただけで、疑うことをしなかった。

私をつぶして捨てた人が、手を広げてしっかり抱きしめてくれると、少しも疑わなかったウチは、本当に大バカだ！

また捨てられた。
親だってウチを捨てるんだ。
だったら、他人がウチを捨てないはずがない。

帰りの新幹線の中、固く握ったこぶしに、大粒の涙が何度も落ちた。

◇エッセイ①　止めて

何をあやまるのか
なぜあやまらなければいけないのか
わからないまま
「ごめんなさい」

お母さん
どうして私を守ってくれないの？

これが親だと言うのなら
これが家族だと言うのなら
何もいらないから

私を怒鳴るあの声を
私を殴るあの手を
止めて
お母さん

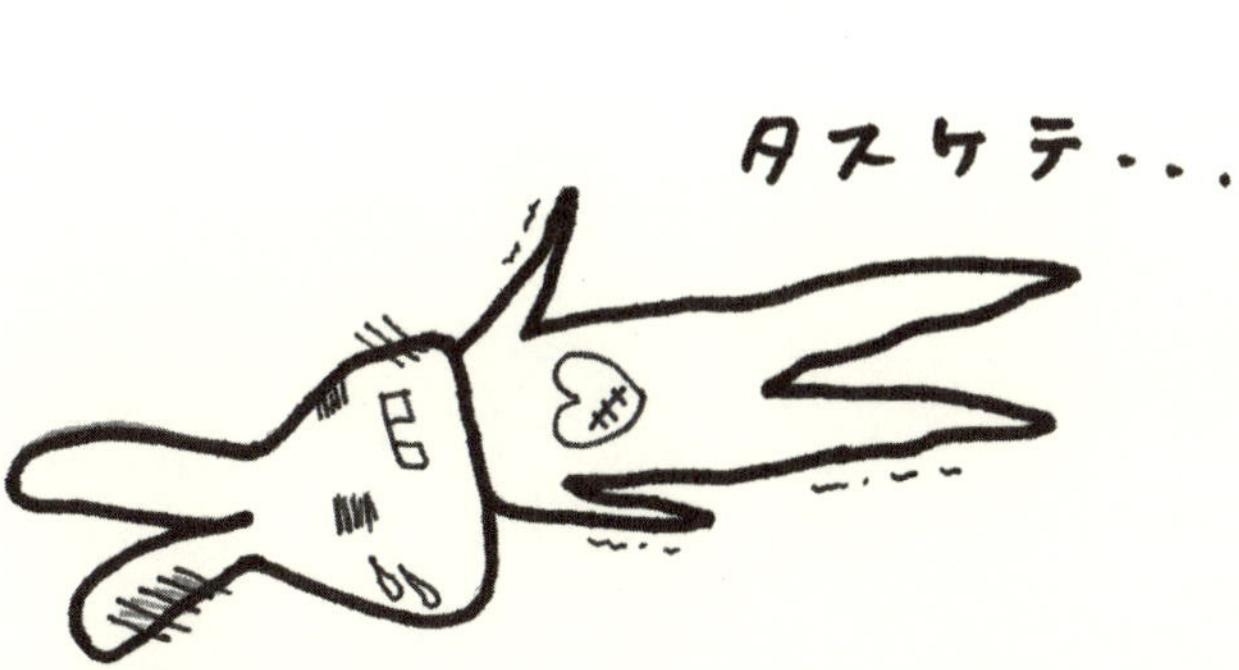

2章　カンペ期

子どもを産んだら親になれるの？

父親から捨てられ、母親から見放された私は、人と近くなること、人と深く付き合うことを避けながら大人になった。

高校卒業後、私はカバンひとつで東京に出た。

誰かと一緒にいて、楽しさやうれしさを感じそうになったら、ブレーキを踏む。深入りしてはいけない。自分を守るには、捨てられる前に捨てればいい。そう考えるようになっていた。

27歳のとき、ある男性と出会った。不思議な人だった。自分を良く見せようとしない。裏表のない彼といると、ブレーキを踏むのを忘れてはしゃいでしまう。気づいた瞬間、慌ててブレーキを探る。もう傷つきたくはない。

そんなことがしばしば起こるようになったある日、彼と食事に行くことになった。

私は自分のトラウマを思い切って告白した。

「私、ごはん食べるの遅いんだ。ごめんね」

子どものころ、いつも「食べるのが遅い」と言われてきたから、一緒に食事をする相手はイライラするんじゃないかと気になってしまう。急いで食べようとすると、ますます焦って食べられなくなってしまう。

「この人にだけは捨てられたくない」という気持ちがはっきりと芽生えているのを自覚した私は、先回りして「ごめんね」をしたのだ。

するとと、彼はこう言った。

「大丈夫だよ。この先、どうしてもやらなくちゃならないこと、急いで片づけなきゃいけないことがあっても、ナナちゃんがごはんを食べ終わるまではずっとそばにいるから」

一瞬にして安心させてくれる言葉だった。

自分は人に捨てられる人間だと思っていた。

恐怖心からくる先回りの「ごめんね」に、彼は「大丈夫だよ」と何度も応えてくれた。何度も。

ここは安全なのだと本能で感じる居場所がようやく見つかった。

私はブレーキから少しずつ足を離した。私は彼と、何をするときも一緒、どこへ行くときも一緒に過ごすようになった。

出会ってから半年後に千葉に引っ越し、結婚した。翌年には第一子を妊娠した。それはそれは幸せだと感じる日々だった。

ずっと抱えてきた人間関係の恐怖心が薄らぎ、安心感が広がっていく。私は大好きな人との間に授かった子どもの母になろうとしている。

そして、ついに訪れた出産。分娩台の上で、生まれた我が子を抱いたときはたまらなくうれしかった。

なのに、なんだろう？　忘れていた感情がむくむくと湧いてきて、体じゅうを締めつける。

父から捨てられた私は、この子をちゃんと愛せるだろうか？

父に傷つけられた私は、この子を傷つけはしないだろうか？

何か失敗を犯すのではないだろうか？

この子は、本当に私のもとに生まれてよかったのだろうか？


出産から3カ月後、ベビーカーに子どもを乗せ、初めて散歩に出た。すると、いろんな人がベビーカーをのぞきこみ、話しかけてきた。

「赤ちゃんってかわいいわよね」

「今が一番幸せね！」

「お母さん、がんばってね」

たしかに、子どもは愛おしい存在だ。

でも、親になったら必ず子どもを愛せるの？

そうだとしたら、私の親はどう愛したのだろう？

もし私が「実はいろいろと込み入った事情のある家庭に育ったもので、自分が子どもを本当に愛せるかどうかわからないんです」とクソマジメに返したら、どんな顔をされるんだろう。

そもそも「お母さん」って、どうやったらなれるの？

それすらあやふやだったけれど、母親としてスタートを切ってしまった以上、ブレーキを踏むことは許されない。

私はのど元にある何かを無視し、不安を口にしないことを密かに誓った。


夫はというと、育児にも家事にも協力的。頼んだことをソツなくこなす。子どものことが愛しくてたまらないのが見ていてわかる。

「いないいないばー」

夫が満面の笑みで子どもを抱きしめている。食べてしまいやしないかと思うくらいの溺愛っぷり。子どもは小さな手を一生懸命に動かして応える。自分が愛されているのを感じ取っているように見える。この人が夫で、この子の父親で本当に良かったと思える。

それでも、ふと、考えてしまう。

どうして私はあんなにも殴られたのだろう？

どうして母は私を守ってくれなかったんだろう？

もし、これから先、夫が子どもを叩くことがあったら？　蹴り飛ばすことがあったら？　ありえない。絶対にありえない。

ありえない妄想だけど、もし万が一、子どもを追いつめるようなことがあったら、私なら迷わずに子どもを守る。言葉の暴力でさえ絶対に許さないだろう。

我が子を授かった今、両親の私に対する行動や態度が、ますます不可解に感じるようになった。

私は、父親のようにも、母親のようにも絶対にならない。

母としても、妻としても、カンペキを目指すと決めた。夫を失いたくない。この生活を失いたくない。もう絶対に傷つきたくない。

そのためには毎日を全力でがんばらないといけない。家の中は常に整理整頓しておこう。子どもの服は少しでも汚れたらすぐに替えよう。

離乳食は一から手作りする。おかずはもちろん、おかゆの作り置きもしない。食事のたびに作り、できたてを用意する。手抜きはしない。レトルト製品？　そんなもの絶対に子どもの体に入れたくない。すべてをカンペキに。

年子3人の育児

夫は「家族は多いほうがにぎやかで楽しいよ」という考えの持ち主だった。

私も出産前はそう思っていたが、長男ひとりの育児でさえ想像を上回る大変さだった私には、2人目を産んで本当に大丈夫だろうか、カンペキに育てていけるだろうか、という不安があった。

でも、その一方で、もし長男の育児が一段落してしまったら、2人目を産むことは絶対に考えられなくなるだろう、育児の時期は一気に終わらせてしまいたい、という思いも芽生えてきた。

「一緒にがんばろう。きっと楽しいよ！」という夫の言葉を信じ、翌年には第二子、さらに次の年には第三子を出産した。

そうして、男の子、女の子、女の子の年子3人の育児生活がはじまった。

「ふっ、ふっ、ふんぎゃー、ふんぎゃー」

「あーはいはい、ちょっと待って」

「カカァ、これ見てぇ」

「んま、んまぁ」

「……うん、わかってる。今作っているからね」

「これ見て」

「あー、ちょっと待ってね」

「ふんぎゃー、ふんぎゃー」

　大変なんてものじゃない。年子3人の育児生活はまるでジェットコースターのよう。覚悟はしていたけれど、次から次へとやることが出てくる。私の寝る時間と食べる時間はない。途切れ途切れでも、一日4時間横になれたらいいほうだ。

　妊娠と出産を繰り返した私の体はボロボロになっている。自分がしっかりしないと、いつか「ジェットコースター」から振り落とされそう。

　それでも食事作りには絶対に手を抜かなかった。夫の食事、幼児食、離乳食を用意する。幼児食は1歳違うだけで大きく変わるから、4人別々のメニューが必要になる。

健診に行くと、「子どもがお昼寝をしたら、お母さんも一緒にお昼寝して体を休めましょう」と保健師さんがお決まりのように言うけれど、お昼寝の時間を使わなかったら4人別々の食事を作ることなんてできない。

長男が何かに熱中して遊んでいる間に、1歳の長女を背負い、生後3カ月の次女をバウンサーに寝かせて足で揺らしながら料理をする。こんな曲芸のようなことをしながら時間をやりくりするしかない。

でも家族のためと思えば、手は自然と動く。それに、この大変さをお金で解決してしまったら、母と同じ人間に落ちてしまう。

疲れたなんて言わない。私は絶対に作るんだ。手作りの食事は、カンペキな妻、カンペキな母親でいるための必要条件なんだから。

ある晩のこと、「ピコリン」とメールの着信音がした。

夜の7時。携帯電話を開くと、送り主は夫だった。さっそく、メールを開いた。

〈今から帰るよ！〉

〈お疲れさま。待ってるね〉と返信した。もうすぐ帰ってきてくれる。

「カカァ、コンちゃん、泣いてる」

「あ、うん、教えてくれてありがとう。オムツかな」

「絵、できた。カカァ、できた！」

絵を描き上げた息子が私の脚に飛びついてきた。条件反射のように体がこわばる。見て褒めてほしいのはわかっている。反応しなきゃと思うのに、腕が動かない。

私は気づいていた。子どもたちの抱きしめ方がわからない。してほしいことはわかっているのに、どうすればいいのかわからない。

一呼吸置いてから、子どもの体に手を当て、「上手だね！」と声をかけた。

「カカァ、カカァ」

「はいはい、ごめん、なんだっけ？　ごはんは今……」


「ただいま」

やっと帰ってきてくれた。メールが届いてからずいぶん時間が経っている。

玄関まで迎えに行く体力がない。

「おかえりなさい」

「はい、ケーキ！」

ケーキ？　遅いと思ったら、ケーキを買いに行ってたの？

「……ありがとう」

「ここのケーキ、美味しいよね。買うのをやめて快速に乗ろうかと思ったんだけど、喜ぶ顔が見たくて並んでみた！　子どもたちが寝たら、ふたりで食べようね」

「……うん」

何かがモヤッとした。快速に乗るのをやめて、お店の行列に並んでまで買うのに、15分？　いや、20分はかかってるはず。そのわずかの時間が、今の私にはとてつもなく長い。1分でも1秒でも、早く帰ってきてほしい。

いや、私は間違っている。夫だって疲れているのに、私を喜ばせようと買ってきてくれたんだ。こんなにやさしい旦那さんなんていない。

この前、ママさんたちの世間話が聞こえてきたけれど、「子どもをお風呂に入れてくれない」「ゴミ出しもしてくれない」ってみんな旦那さんの愚痴を言っていた。

でもうちの夫は、何でもやってくれる。

それに、父親として、ふだんの子どもとの関わりの中で、自然にスキンシップをとって、ギュッと抱きしめる。身構えないとできない私とは大違い。パーフェクトだ。

本当に立派な人だと思う。会社でも人がやらないことを引き受け、休日出勤もして。夫ほど評価されている人なんていないと思う。

ありがたいことなんだ。私は幸せ。自分にそう言い聞かせる。そう、感謝しなくちゃ、私は幸せなんだから。感謝しなくちゃ。


子どもたちを寝かしつけたあと、約束どおりケーキを食べることにした。

「美味しいね。買ってきてよかった」

「うん」

「チーズケーキとプリンも美味しそうで、しばらく迷ったんだ」

「…………」

「あれ、食べてないよ？　どうしたの？」

あのね、ケーキはいいから、早く帰ってきてほしいんだよ——って、言えなかった。のど元まで出かかった言葉を、グッと飲み込んだ。

父のプレゼントのときもそうだった。してほしいことが、なぜか言えない。

「ナナちゃん？」

「ありがとう。ちょっと疲れてて、ごめんね」

「じゃあ、マッサージしようか。脚にする？　おいで」

私は大事にされている。こんな私にはもったいないくらいのやさしい夫だ。だけど、なぜか心のモヤモヤは消えない。


ある朝、私は猛烈なだるさを感じた。額を触ると、ものすごく熱い。慌てて体温計を当てた。

39度近い熱がある。元気なときでさえ大変なのに、この状態で子ども3人の世話はとても無理だ。

夫に会社を休むようにお願いしてみた。

「え？　熱？　仕事は休めないよ」

「じゃあ、病院行く間だけ。薬もらったら大丈夫だから。2、3時間だけお願い」

「どうしても休めないんだよ」

「じゃあ、1時間だけ！」

ふだんならここまで言わない。それほどつらかった。

「なるべく有休を使いたくないいんだよ。遅刻も無理だから、お昼に電話するから」

「……わかった」

家族以上に大事な仕事って何？　そう言いたい気持ちを抑えた。

そうだよね、仕事のある夫に子どもたちをお願いするようじゃ、私はダメな妻でダメな母親になってしまう。フラフラの体で、3人を連れて病院に行った。

診断結果はインフルエンザ。「38度以上の熱が3日くらいは続くから安静に」と医者に言われた。

夫に〈インフルエンザだった〉とメールを送った。

夫からは〈大丈夫？〉と返信が来た。

夫が聞いてくる「大丈夫？」が、心を引っかく。

大丈夫なわけないじゃん！　と返したかったけど、言えなかった。

夫は、早退して帰ってきてくれることはなく、翌日も、その次の日もふだんどおりに仕事に行った。

思えば、そのときが一番「わがまま」を言った気がする。

夫はふだんのお風呂洗いやゴミ出しは変わらずやってくれた。むしろ、以前より積極的で、頼まなくてもやってくれるようになっていった。けれど、それが私をモヤモヤさせる。

「お風呂、そうじしといたよ。お湯も出してるからね」

なんで風呂が沸いてないんだよ、って言われている気がする。

「ゴミ出しといたよ」

ゴミ出しもできないのか、って言われてる気がする。

夫は「しておいた」と報告してくる。私は、「夕飯作っておいたよ」とか、「オムツ替えておいたよ」とか、「子どもを病院に連れて行ったからね」と報告しないのに。

私はやって当たり前、なんだかそう聞こえてきて、ますますモヤモヤする。そう思っているのに、私は「ありがとう、ごめんね」と返し続けた。

止まらない誤変換

どんなに大変でも、やることが多くても、一日も手を抜かずこなしていった。まさに奮闘の日々だった。

子どもたちは4歳、3歳、2歳にまで成長してくれた。カレーを飲み物のように流し込むくらいの時間なら、子どもたちと一緒に食卓につくこともできるようになってきた。

この数年、お風呂あがりには、子どもの体にクリームを塗り、その手で自分の顔を数回撫でてケアしたことにしていた日がほとんどだった。ようやく化粧水くらいちゃんと付けたい、と考えられるようになってきた。

「あ、そうだ。化粧水ないんだった」

デパートに行くこともなくなってしまったから、買い置きはない。家計は夫が管理しているから、化粧水代をお願いしてみることにした。

「今ちょっといい？」

「うん、いいよ」

「あのー、化粧水がね、もうなくなりそうなの」

「そっか」

「新しいの、買いたいなーって」

「ああ、待ってて」

伝わったようで、夫は財布を持って戻ってきた。そして、お札を1枚取りだし、私の前に置いた。

1000円札が1枚。

「あ……」

夫は化粧水がいくらくらいするかなんて知らないだろうから仕方ない。けど、これでは足りない。「えー、1000円じゃ買えないよぉ」と明るく言えればいいのに、それができない。こういう言葉を飲み込んでしまう自分にイライラする。

夫にお金を稼いでもらって、そのお金で生活させてもらっている立場の私。「ありがとう、ごめんね」と言って、1000円を受け取った。ドラッグストアなら何かしら買えるだろう。

「買いに行きたいんでしょ？　コーヒーくらい飲んできたらいいよ。子どもたちは見ていてあげるから、明日行ってきたら」

思いがけない夫からの提案に心が躍った。自分の時間をもらえた。

「ホントに？　じゃあ2時間だけお願いしてもいい？　ごめんね」


次の日、近所のドラッグストアとコーヒーショップに行った。

ふだんはジーンズにスニーカーという格好で、子どもたちの荷物を詰め込んだパンパンのリュックを背負い、水筒を3本持って出かけるけれど、この日は小さいバッグを肩からかけ、久しぶりにスカートをはいて家を出た。

ゆっくりとドラッグストアを回る。化粧水以外の商品もじっくり見られる、それだけのことがとてもうれしかった。

コーヒーショップに入り、カフェオレを買って席についた。しかし、二口か三口飲んだところで、時間が気になってきた。約束の2時間が過ぎるのはまだ先なのにソワソワする。残りのカフェオレを一気に飲み干すと、足早に家に向かった。

「ただいま」

「おかえり」

「ありがとう、ごめんね。ちゃんと買えたよ」

「早かったね。コーヒーショップ行かなかったの？」

「行ったよ。ありがとう。大変だったでしょ？　ごめんね」

「ちゃんとおやつもあげといたよ」

家のことが気になって、2時間すら離れられない自分にイライラする。「あげといた」という夫の言葉にもイライラさせられる。

子どもを置いて、よくコーヒーショップになんか行けるよな！　――頭の中で夫の声がする。

いつからだろう、夫の言葉が勝手に変換されてしまう。それはささやくような、責められるような。

違う！　私はサボってない！

横にあったティッシュの箱に手を伸ばす。そして、壁に向かって、思い切り投げつけた。

「あれ？　なんの音？」

子どもと遊んでいた夫が、私に顔を向ける。

「大丈夫。なんでもない」

私には、夫にしてもらわないとできないことがある。しっかりしないと、また捨てられてしまうかもしれない。

こわくてたまらない。

できない！　いらない！　やりたくない！

秋のはじめ、北海道に住む夫の祖母からじゃがいもが大量に届いた。

米袋のような大きな袋がじゃがいもでパンパンに膨れている。

10キロはあるんじゃないか。

こんなに……どうしたらいいの？？？

一般的な主婦ならありがたいと思うだろうけれど、料理が苦手な私にとって、果たしてこんなに使い切れるか、使い回せるかどうかに悩んでしまう。

そんな私の心配をよそに、夫は「すごい量だね」「よかったね。じゃがいもって使い回せるんでしょ?」「毎日ポテトサラダ食べられるよね?」などと言って、とてもうれしそうにしている。

夫に悪気がないのはわかっている。しかし、手間のかかる「毎日ポテトサラダ」の言葉さえ負担だった。

どうすれば目の前のじゃがいもはなくなるんだろう?

子どもたちも食べ物の好みが出てきたからか、最近は作っても残すことが増えてきた。捨てるのは心苦しいから、食べ残しを食べるのはいつも私の役割だ。

じゃがいもづくしが1週間になったころ、いもに芽が出てきた。胸のあたりのザワザワが大きくなる。

早く使わないと。できる母なら、料理上手な妻なら……。

ブチッ! 何かが、はじけた。

「あああー!」

私は窓際までじゃがいもの入った袋を引きずっていき、窓から外へ次々にじゃがいもを放り投げた。

「できない! できない!」

「ナナちゃん！」

気づいた夫が私を羽交い締めにする。それでも力の限り投げた。

「離してぇ！　いらない！　こんなに、いらない！」

「ナナちゃん！　やめなって！」

「いやだ！　やりたくない！　もうやりたくない！」

外では、「じゃがいもが降ってきた」と大騒ぎをする子どもたちの声が響いていた。


その晩、子どもたちの寝顔を見ても、浮かんでくるのは反省ばかりだった。

夫は一度も私を責めることをしない。

私は自分の心からの叫びに気づいていた。

なぜこんなにも家事が負担になるのか。

夫の母親の存在だ。

義母は料理が上手で、いつも手の込んだ品が並んでいたという。おやつも手作り。

子どもには一切薬を使わなかった。家事から裁縫まで何でもできる、子どもにすべてを注いだカンペキな義母。

夫にとっては何気ない思い出話だったのはわかっている。しかし、口ぐせのようにその母を誇らしそうに語る夫の顔が、〝それがカンペキな母親である〟と、私に呪いをかけた。

気づいたときには、近所のファミレスにいた。

目の前に、ポテト、唐揚げ、パフェ、ココアが並ぶ。今は、家から逃げたい。とにかく食べたい。昼間に寝ることなんてできないのだから、夜ぐらい寝たほうがいいのだろう。でも食べたい。食べれば落ち着く気がする。

空になったカップを持ち、ドリンクバーの前に立つ。ココアを注ぎ、これでもかとホイップクリームをのせて席に戻る。めちゃくちゃな甘さが体にしみ込む感覚がたまらない。

この日から夜中のファミレスが日課になった。あるとき、「一緒に行くよ」と夫は言ってくれた。あの日のことを一度も話さない。一度も責めない。

いっそのこと、責められたほうが楽なのかもしれない。

私はずっと、結婚してからもずっと、自分らしく生きていない。

決められない

「今日、会社に行ったら、私、死ぬから！　この子たち連れて、死ぬから！」

「落ち着いて、ナナちゃん」

「いつも言うけど、そんなに大事な仕事って何？」

なんで自分が、朝からこんなことを言っているのかわからない。けれど、ふたを突き破ってあふれ出す何かが、私をそうさせずにおかない。

「死ぬ！　絶対、死ぬ！」

玄関に走り、傘を手にした私は、すぐさま夫のパソコンの前に立った。そして力の限り、ぶっ叩いた。

ゴン。

鈍い音がした。

心は大音響で叫び出す。「母親が、わからない！」

ゴン、ゴン。ガン。

パソコンに凹みができていく。傘は折れ曲がっていく。

それでも夫は冷静だった。「そっか、パソコンか」と言い、私が放った傘を片づけた。

両親と義母の姿が頭から消えてくれない。

こんなことを続けていたら、夫は帰ってこなくなるだろう。

湧き上がる恐怖とも言える感情を、抑えられない。「イヤだ！」「うるさい！」と叫び、目につくものを手当たり次第に投げた。ティッシュ箱、服、本、皿、扇風機……。投げるものは重く、大きくなっていった。

はじめは壁に向かって投げつけていたのに、いつの間にか夫にぶつけるようになった。これは私の「正当防衛」。自分を守るために、夫を傷つけた。

でも、やればやるほど、苦しくなった。夫は、言い返しても、やり返してもこない。子どもたちは悲しい顔で、だけど見守っているような表情で私を見る。私がしていることはメチャクチャだ。

家では食べ残しをたいらげ、夜にはファミレス通いをした結果、私の体重は20キロも増えた。

体が重い。動くのが面倒だ。でも家族の食事は作らないといけない。洗濯や皿洗い。限られた時間にやらないといけないこともたくさんある。

とりあえず買い物をしながら考えようと思い、スーパーに行き、買い物かごを持って回る。

あれ、なんだっけ？

何を買ったらいいのかわからない。うどん？　パンだったっけ？

どっちだ？

時間がない。早くしなくちゃ。

何を買ったらいい？

何をしに来たんだっけ？

心臓がバクバクと速くなる。どうしよう。

携帯電話を取り出し、夫に電話をした。

「どうしたの？」

「ごめんね。わからないの」

「何がわからないの？」

「スーパーに来たのに、何を買ったらいいかわからないの」

「ナナちゃんが食べたいものを買えばいいよ」

「決められない……」


その晩、夫は「ごはん考えるのって大変だよね。気にしないで電話してきて。おれが決めるよ」と言った。

それから私は、洗濯をしたらいいか、掃除機をかけたらいいか決められないとき、子どものおやつを決められないとき、迷ったらすぐに夫に電話をすることにした。夫は「どうしたの？」「どこにいるの？」「何に迷っているの？」「じゃあ、こうしよう」「パンとうどんだったら？」と選択肢をわかりやすくしながら私を導いてくれた。


「病院に行ってみない？」

夫が私に言ってきた。

「病院？　誰が？」

「ナナちゃん」

「なんの？」

「心療内科とか、そんな感じの」

「え？　自分でも疲れてるとは思うけど、精神障害とかじゃないよ。ない、ないって」

精神障害は弱い人間がなる病気だと思っていた。それに、精神障害なんて診断されたら、子育てする資格がないと言われているようなものだ。病院なんて行かない。私は弱い人間じゃない。

私から子どもを奪わないで。私は子どもたちと離れたくない。

それから半年が経った。夫の考えてくれる2択からすら選べなくなっていた。

夫は「話だけでもしてみようよ」と言い、私を病院に連れて行った。そのころには「行かない」という選択さえできなくなっていた。

「パニック障害」と診断された。「簡単に言うと、過労で脳の誤作動が起きているんですよ」と先生に言われ、腑に落ちた。

先生は続けた。

「あなたが弱いんじゃない。1回目の出産から5年間もひとりでがんばってきたんだから、人間として正常な反応ですよ。このままがんばってしまうと、お子さんたちと離れないといけなくなる。治療をはじめましょう」

「……はい」

私は薬物治療を受けることにした。

◇エッセイ②　今の声

「今が一番幸せよ」と言われても
まだそこにない未来のことを
幸せに思ったり、ありがたいと感じたりって
ちょっと無理じゃない？

今がつらいのに
今なんよ

そんときが来たら、そんとき心から思ってやるわ
今を生きてるから
今の声にフタをしないでちょうだいよ

「今が一番幸せよ」って笑いかけないで
「そうですね」って
また笑いながらウソをついてしまう

3章　ゴマカシ期

夫による介護

パニック障害と付き合っていくために、2種類の薬を服用することになった。これが私にはまったく合わず、気分は悪く、頭はボーッとするようになった。起き上がっていられず、一日中、横になって過ごす。

そのうち、パニック障害と併発しやすい「うつ病」の診断も出た。「脳の誤作動で起きるのがパニック障害なら、脳が疲弊するのがうつ病ですよ」と医者から説明を受けて、これまた腑に落ちた。

私は、生きることのすべてに興味を持てなくなり、廃人同然になった。

夫は家事、育児、さらに私の介護まですべてを背負ってくれた。仕事中も何度も家に帰ってきて家事をこなし、「無理に食べなくていいからね」と食事を置いていってくれる日々が続いた。

「死にたい」

私は、この言葉以外、忘れてしまったのかもしれない。一日中、繰り返してしまう。

それでも夫は、私を否定しない。

「死にたい」

「うん、そうだね」

「死にたい。消えたい」

ボロボロと涙が出てきて止まらない。

「そうだね、苦しいね。じゃあ、一緒に死に場所を探しに行こうか」

夫は私を車に乗せて、走り出す。

夫は車でどこかをぐるぐるとしながら、私が落ち着くのを待つ。私が落ち着いたら家に戻る。こういう日々がしばらく続いた。

ある日、夫が「そうそう、調べたんだ。ナナちゃんが元気になる方法」と話し出した。

「朝は、毎日同じ時間に太陽の光を浴びるといいんだって」

「うん」

「ナナちゃん、お砂糖、やめてみない？　お砂糖って、取ったときはホッとするけど、その後に不安感を強めちゃうんだって」

「うん」

「でも、たまには甘いもの食べたいよね。今日は特別に甘いもの用意してあるんだ。帰って食べようか」

「うん」

「じゃあ、今日は死ぬのやめようね」

「うん」


テーブルに置かれたのは、ふかしたサツマイモにオリゴ糖をかけたものだった。

「サツマイモはいいけど、ごはんとかパンとかの炭水化物はよくないんだって。少し控えて、野菜を食べたほうがいいらしいよ。ドレッシングは使わないで、オリーブオイルをかけるのが一番体にいいから。これから、食事は俺が作ろうと思うんだけど、いいかな?」

「うん」

振り返ってみると、このあたりから夫による〝管理〟が始まった。

炭水化物を完全に抜いて2週間もすると、体に力がまったく入らなくなった。薬を服用しているだるさとは違う。エネルギーのかけらもなくなり、体が空っぽになった感じ。動くのはもちろん、何かを考えることもできない。

私がうつ病になったのをきっかけに、夫は食生活をいろいろと見直しはじめた。子どもたちの食生活も変えるようになった。砂糖は毒だと言い、アメやチョコレートなどのお菓子やジュース類も悪いものだと言い続けた。

夫の介護のおかげなのか、薬が効いたのか、しばらく休息できたからなのか、数カ月経つと、少しずつ起き上がって過ごせる時間が増えていった。「死にたい」以外の言葉も私は取り戻した。

「とーさん、靴、痛いの」

いつの間にか次女の靴がきつくなっていた。

「新しいの買わないとね。ナナちゃんも一緒に行けそうなら、外に出てみない？」

「行ってみようかな」

半年ぶりくらいに家族全員で買い物に行くことになった。

水色、黄色、赤色、オレンジ色……色の違いはあれど、似たような靴が売り場に並んでいる。

久しぶりに家から出てみたけれど、まだ胸のあたりが落ち着かないし、すぐに疲れてしまう。

「これ、かわいい。あー、こっちもかわいい」

「どれどれ？　これ？」

夫が楽しそうに靴選びに付き合う。試着のために用意されている小さなイスに次女を座らせ、「履いてみたい」という靴を片っ端から持ってきては履かせはじめた。

「大きくなったねぇ」

夫が次女の足に愛しそうに触れる。

「足だけじゃないよ。背も伸びたんだよ」

「ほんとだ！　大きくなったねぇ」

膝を床につき、自分の太ももの上で靴を履かせ、靴ひもを結ぶ。

「これいいな」「こっちも悪くない」「ちょっと大きいかな？　えーっと、サイズは……」

子どもと夫が楽しそうにしているのを見ていたら、私の目は涙でいっぱいになっていった。

子どもたちが、父親に大切にされている――。

「カカァ、なんで泣いているの？」

驚いた表情で長男が私を見ている。

「ごめん、みんなを見てたら、なんかね」

「悲しくなったの？」

「ううん、うれしくなったんだよ」

家族みんなで笑い合った。私はもう大丈夫。だって、夫は私を捨てた「あの人」ではないのだから。

感謝してます

ある日、私は無性にクッキーが食べたくなった。

「クッキー、食べてもいいかな？」と夫に聞いた。

「食べたいなら、食べればいいんじゃない？」

「やっぱり、やめる。ごめんなさい」

「あのさ、だったら食事制限なんてやめちゃいなよ。俺がやりたくてやってるんじゃないよ」

「……うん、ごめんなさい。だよね」

「なんで謝るの？　あとさ、前から言おうと思ってたんだけど」

「なに？」

「これ、もう使わないから、処分していいよね」

夫が持ってきたのは、私が気に入っているキャラクターの絵が入った子どもたちのどんぶりだった。

「捨てるの？」

「そう、捨てる。あと、柔軟剤。においがある洗剤は肌によくないから止めよう。それから食器は、白だけがいい」

「……わかった」

私のうつ病が重い時期に家のことをすべて担った夫は、自分の方針で家のことをいろいろと変えはじめた。

うつ病の症状がだんだん回復してくると、うれしさや楽しさだけではなく、恐怖や不安を感じるエネルギーも戻ってきてしまった。以前とは何か違う、幽霊みたいな実体のない不安なものがそこにある。


以前の体調を取り戻してきた私は、パートに出ることにした。人と関わるリハビリを兼ねて、介護施設でお年寄りの介助や話し相手をする仕事を選んだ。気負わずに過ごせる気がしたし、子どもが学校に行っている間に勤められるのもいいと思った。

この仕事を選んで大正解だった。おじいちゃんおばあちゃんはゆっくり丁寧に話してくれる。私は穏やかな気持ちになれて、逆に癒してもらっているような時間を過ごせた。

職場の人間関係もよく、中年の男性所長にもかわいがってもらった。

「ナナちゃん、利用者さんたちに好かれてるね」

「そうですかね」

「話してるときの表情がいいからだよ」

「そうかな」

「じゃあ、お疲れ。次は木曜か」

「はい、お疲れさまです」

「あ、ちょっと待って、これ食べて。甘いもの好きなんでしょ？　子どもの分も持ってきな」

目の前にチョコパイが差し出された。

「あ……」

「どした？　嫌いか？」

「いえ、好き、大好きです！　子どもたちも喜びます。ありがとうございます」

手の上にお菓子がのっている。生つばを飲む。食べたい。なのに、目の前に、冷たい目で私を見る夫の顔が浮かんできた。

前に、もらったお茶菓子を持って帰ったときには、言葉にこそしなかったけれど、夫に「あきれた」と言わんばかりの態度を取られ、こわくなって捨ててしまった。食べたいと思うことすら悪いことのように感じる。

持って帰ることはできない。駅に着くと、チョコパイをゴミ箱に放り込んだ。

家に帰る途中、私は夕飯の食材を買いに、スーパーに寄った。

「今日はどうしよう……ふろふき大根もひじきも、もう飽きただろうな……」

うつ病をきっかけに、我が家の食事にはルールが増えた。

料理は野菜を中心にしなければならない。産地は国産でなければならない。卵や小麦粉は使わない。加工食品は食べてはいけない。

夫はもともと肉をやめていたが、私も気まずくなってやめざるをえなかった。

子どもたちには、健康のためだけでなく、美味しさも感じられる食事をとってほしいと思うから、毎日考え込んでしまう。

「よかった。落ち着いてきた？」

週末、久しぶりに、子どもと一緒に友だちの家を訪ねた。

「うん。だんだんね。病院はまだ通ってるけどね」

「ナナさん、すごい痩せたよね」

「夫がね、食生活を変えてくれたんだ」

「ジン君ママに聞いたよ。炭水化物とか砂糖とか抜いてるんでしょ？」

「そうなの。体重は10キロ以上減ったかな」

「10キロも!!　すごいな」

「もうずいぶん、肉も食べてないしね」

「えー？　つらくないの？　あんなに焼肉好きだったのに」

「夫には感謝だよ。夫の介護があったからこそだよ」

「ナナさんがそう思ってるならいいけど……。ナナさん夫婦はほんとに仲良しなんだろうね。ナナさんの口から旦那さんの不満を聞いたことがないもん」

「不満？　ないない。パーフェクトな人だからね」

子どもが私の服の袖を引っ張る。

「なに？　遊んできたら？」

子どもはテーブルに出されたお菓子を見ている。

「どうぞ、食べて、食べて。今、ジュース持ってくるからね」

「食べて」を聞くなり、子どもは目の前のお菓子をむさぼりはじめた。

「ちょっとちょっと、ゆっくり食べ……」

注意をしながらも、両手にお菓子を持ち、次々に口に放り込む姿を見て、そうだよね、と思う。子どもたちは、家でガマンしているのだ。


お菓子をむさぼる子どもたちの姿が焼きついてしまった。

その晩、「ねぇ、食事のことなんだけど」と夫に切り出した。

「なに？」

「子どもたちのおやつ、たまにはアイスくらい、食べさせてもいいんじゃないかなと思って」

「アイス？」

私は、友だちの家での様子を夫に伝えた。

「ね？　なんかかわいそうじゃない？」

「かわいそうって？　毒を食べさせて、病気になる人生にしたいわけ？　食べられないことをかわいそうだと思っているなら、かわいそうの定義を履き違えているよ。母親として、それどうなの？」

夫はものすごい剣幕でまくし立てた。

「わかったよ、ごめん。じゃあ、ときどきは食べさせてもいい？」

「わかってないな。やることが中途半端なんだよ。俺と、毒を子どもたちに平気で食べさせるその親とさ、どっちが正しいと思ってんの？」

「そうじゃないよ。そういうこと言ってないよ」

「ほんと、あきれるよ」

夫が改めて、私を見る。そして大きくため息をついた。

「……人を嫌いになるって、こういうことなんだね。今から、すごく傷つくことを言うと思う」

「あの、ごめん」

「今、はっきりわかった。あなたには失望したよ。まったく愛情がなくなったことが、はっきりわかった」

「違う！　違う違う」

「もう無理。同じ空気吸うのも無理。本当に無理だから」


夫は別の部屋に布団を持っていった。明日になれば大丈夫だろう。そう思っていたけど、次の日も、その次の日も言葉を交わすことはなかった。

数日後、私が洗面所の扉を開けるのと、夫がトイレから出てきたタイミングがぴったりと重なり、鉢合わせてしまった。私は身構えた。でも夫は気まずそうな顔をしたり、動揺したりする様子はまったくなかった。私を視界に入れることもなかった。

夫からまったく体温を感じられなかった。

透明人間

あんなに「ナナちゃん」と呼んでくれていた夫から、「あなた」と言われた日から

1週間が経ち、2週間が経ち、ひと言も言葉を交わすことなく1カ月が過ぎた。

夫は、子どもたちとはこれまでと変わらず話しているし、笑ってもいる。私だけが透明人間。こういうのを、世間では「家庭内別居」というのだろうか。

好きな人にこんなふうに扱われる時間は、途方もなく長く感じる。いつまで続くんだろう。

「家庭内別居　1カ月」とスマートフォンで検索する。すると、世の中にはひと言も旦那さんと言葉を交わさずに5年、8年と生活している人がいることを知って驚いた。この生活が5年も8年も続いてもおかしくないことを知ってしまった。

私は、どうすればいいんだろう。もうやり直すきっかけさえわからない。

スマートフォンを手にすると、夫との過去のメールのやりとりを見てしまう。

〈今から帰るよ〉

〈気をつけてね、待ってるよ〉

〈おみやげにケーキがあるよ〉

〈わーい！　ありがと〉

夫のやさしさを素直に喜べばよかった。きちんと甘えればよかった。してほしいことを言葉にすればよかった。

後悔ばかりが湧いてくる。自分が一番わかっている。夫の気持ちが離れてもおかしくないことをたくさんしてきた。

一方で、仲がよかった私たちなのだから、ふとしたことから夫の気持ちが戻るんじゃないかとも思えてしまう。いつか許してくれる日がくると信じたい。


夫がいないことを確認し、洗面所に入った。歯ブラシを持ったが、元に戻した。歯磨きをするのも躊躇してしまう。

夫に私への気持ちはこれっぽっちもない。なのに、私が子どもたちの母親だから、この家に置いてくれている。もう養う必要はないのに、私が使った水道代や電気代を払ってくれている。

やっと廃人状態から抜け出したと思ったのに、今度は自分が罪人のように思えてならない。

「あれ？」

少なくなった歯磨き粉の陰に、新しいものが置かれていた。台所に行くと、私好みのコーヒー豆のストックがあった。私の存在を無視しているのに、身の回りのことは気遣ってくれている。どう接するのが正解なのか、全然わからない。もちろん、それを聞く勇気もない。

家庭内別居が始まって、言葉を交わさないまま1年が経った。夫と私の関係は何も変化しない。

世界では新型コロナウイルスが猛威をふるっていて、日本でもじわじわ感染者が確認されはじめていた。

「ピコン」

メールが鳴った。見ると、差し出し人は夫だった。

「え？」

深呼吸して息を整え、メールを開いた。

〈未知のウイルスから子どもたちを守るには自主休校させるのがよいと考えます。どうでしょうか？〉

夫らしい判断だと思い、〈わかりました〉と返信した。この状況に慣れてきたとはいえ、文面の冷たさにつらくなる。

1年間、毎日繰り返しても、慣れないこともある。それは寝付く前の大反省会。部屋が静かになり、頭の中も静かになると、自分の犯した罪を考えてしまう。私の言葉が、私の暴力が、私の、私の……。

隣で眠る子どもたちが起きないように、声を殺して泣いた。


そんなある日、たまたまつけていたテレビドラマで、両手を胸の前で交差させて、交互に手で胸や腕をゆっくり叩き、自分を落ち着かせている場面が流れた。「バタフライハグ」という心理療法で、海外では、自然災害や戦争などでPTSDになってしまった人がセルフケアで行っているのだという。

どうにもならない毎日が続き、恐怖や悲しみは強くなり、爆発したり、変な気を起こしたりしないか、自分でもこわくなっていた。試しに両手を胸の前で交差させて、蝶が羽ばたくように手のひらを動かした。

不思議と渦巻く思いはやわらいでいった。

「ごめんね、ナナちゃん」

「私もごめん」

「こういうの、もうやめよう。ちゃんと話そう」

「私もだよ。ほんとよかった……」

夫に手を伸ばしたところで、目が覚めた。

夢だー。ボロボロと涙があふれてくる。今日も必死に枕に顔をうずめた。


数カ月に1回の心療内科への通院の日がやってきた。

はじめの2、3回は夫が付き添ってくれていたけど、それ以降はひとりで通っている。いつもどおり、先生とふたりのカウンセリングが始まった。

「本当に夫にはいつも感謝しています。一回も不満を感じたことはなくて」

「一回も不満を感じたことはない、か」

「はい」

「そういうふうに、いつも『感謝』っていう言葉を口にしますけど、お土産のケーキを買うために時間を使うよりも、早く家に帰ってきてほしかったんでしょう？　そういうことがありましたよね？」

「え？」

「してほしいこと、あったんですよね？　そういうのを不満っていうのよ」

「………」

「あなたは小さいころ、暴力を受け続けてきたために、自分の心を守るための思考をするクセがついてるの。自分が不当な扱いを受けていることを感じ取るセンサーを鈍らせているといってもいいかもしれない。自分が傷つかないように傷つかないように、自分をごまかしてきたのよ」

「自分を……ごまかす……」

「それにね、今起きている家庭内別居も、続けている食事制限も、旦那さんからナナさんへの立派な虐待なんです」

そんなこと、あるはずがない。

「違います。私が夫を傷つけたんです！　私が悪いんです！」

「よく聞いてくださいね。虐待や無視をされ続ける生活は常に恐怖と不安にさらされるの。それが自己評価を極端に下げていくの。その状況に長くいると、自分を傷つける人をかばいたくなる、ゆがんだ忠誠心が生まれるの」

「違います……私が、全部……」

顔がぐしゃぐしゃになる。

「本当につらかったわね。幼いあなたが異常な状況下で生き残るために、本能がそう訓練したの。あなたは何も悪くないのに」

「私は……私は捨てられたくなくて。もう誰にも捨てられたくなくて……」

子どものように泣きじゃくる私に、先生は「がんばりましたね。つらかったね」と繰り返した。

◇エッセイ③　湯船に浮かぼう

家族でよく行ったスーパー銭湯が閉館すると聞いて
最後のひとっ風呂を浴びに行った日のこと

思い出すのは育児に必死だったあのころ
なんだかわからんままに家族ってのがスタートして
良き妻、良き母なんて理想にがんじがらめになって
ゆっくり浸かって疲れを癒そうなんて来たものの
ちょろちょろする子どもたちを追いかけまわして
家より疲れる

「あったかいねぇ～」
優しく微笑み合っているよそのお母さんに落ち込む

夫婦で交替するものの
気になって早々に出てしまった私は
それはそれはゆっくりと入られました旦那様にムカついてしまったり

『わたしあのころ、誰にもやさしくなかったな』
そう思うと泣けてくる
誰にもやさしくない
当たり前だ
だって自分に一番やさしくなかったんだもん

グチのひとつでも吐きゃよかった
たまにはビールの一杯くらい飲めばよかった
言えばいいのに遠慮して
甘えりゃいいのにカッコつけて

大変だったね
よくがんばってたね
あのころの自分をたくさん褒めてあげたい

『配慮はいるけど、遠慮はいらない』
いつも周りのことを考えてしまう人
つい自分を後回しにしてしまう人
「ありがとう」より「ごめんね」が口癖の人
甘えるときは甘えましょうね
息抜きのときはいろんなこと後回しにしちゃいましょ

あのころの私に言ってあげたい
ガマンするな！
遠慮すんな！

今発散しとけ！
でないとアンタ
週末にじゃがいも投げて大暴れするよ

4章　カイシンゲ期

何を守りたかったんだろう

新型コロナの影響で自主休校にしたため、子どもたちは家で過ごすようになった。うつ病の症状が重かった数カ月間、みっともない姿を子どもたちに見せて不安にさせてしまったし、母親の役目をまったく果たせなかったのは言うまでもない。一番守りたかったものさえ、こわしてしまった私を、子どもたちはどう思っているのだろう？

申し訳なさから、家に居づらい。私は買い出しに出ると、車の中やショッピングセンターのフードコートで時間をつぶしてから帰るようになった。

あれから、心療内科の先生の言葉がずっと引っかかっている。ひとりになると、考えてしまう。

先生はあの日、「家庭内別居も食事制限も、旦那さんからナナさんへの立派な虐待です」と言ったあとに、「旦那さんはやさしくすることで、あなたを黙らせている。そうやって支配してるんですよ」と続けた。

夫はどんなときも提案型の話し方をする。私に選択権を与えているように聞こえるが、そうではない。私はいつでも「ガマンすれば済むことだから、それでいいや」と思えてきて、「そうだね」「そうしよう」と言ってしまう。たとえ、ボタンの掛け違いが起きているとわかっていても。

自分の気持ちにフタをして、そのガマンの矛先が夫への暴力になり、暴力をふるう自分を父親と重ね、責め続けたことがうつ病へとつながった……のかもしれない。

じゃあ、私は自分を殺してまでガマンを重ね、何を守りたかったんだろう?

私は捨てられたくなかった。理想の家族であり続けることは、自分を捨てた親を見返すことだとも思っていた。

でも本当は、「こわくて仕方ないんだよ」って叫びたかった。

「仲良し夫婦のナナさん」で知られている。家庭内別居をしていることは病院の先生以外、誰にも知られたくない。関係が近ければ近いほど、言いたくない。

だけど、誰かに聞いてほしかった。

そんなタイミングで、パートをしていた介護施設の所長から久しぶりにメールが来た。

〈元気かい？　はやくコロナが落ち着くといいな〉

そうだ、所長に聞いてもらおう。所長は、家庭内別居の末に離婚したって言っていた。話せるかもしれない。


「おう、久しぶり！」

「お久しぶりです。呼び出しちゃって、すみません」

「いいよ、いいよ。どした、顔が暗いな」

さっそく、うつ病をきっかけに夫が食事制限をはじめたこと、家庭内別居をしていて、もうすぐ1年半が経とうとしていることを淡々と打ち明けた。

所長は「1年半も?」と驚いた。

「今、つらいでしょ」

「私のガマンが足りなかったんですよ。……へへ」

「それは頭で考えてることでさ、心はどうなの？　って聞いてるんだよ」

「心?　心は……つらい……です」

「まずね、心がつらいことをさ、笑って話しちゃいけないよ」

「はい」

「俺がチョコパイあげたときのこと、覚えてるかな?　あのとき、あれっ?　て思ったんだよ。甘いものが好きって言ってたのに、変な反応だなって。今の話でわかったよ。そういうことか」

「覚えてます。あのとき、本当にガマンしてたからうれしかったんだけど、夫への忠誠心を試されているような気がして」

「旦那とケンカしたこと、ないだろ?」

「そう言われると、ない、な。こわいんです。人とぶつかるの。親ともケンカしたことなかったし」

「人とぶつからなくていいんだよ。ナナちゃんの心が、イヤだって感じたら、それを伝えるだけでいいんだよ。ケンカってさ、相手を信用しているからできるものなんだから。だろ？」

「でも、嫌われたくないって思っちゃって……」

「そう思ってやってきたのに、嫌われちゃったんでしょ！　遠慮して、ガマンして生きる必要なんてないよ。ガマンがクセになってるよ。元気になったんだから、『今までありがとう』でいいと思うけどな」

「………」

所長は心配そうな顔で私を見る。私はコーヒーに口をつけた。

「ナナちゃん。ナナちゃんはさ、旦那のこと、まだ好きなのか？」

「好き？　ちょっと前までは、もう一回好きになってもらいたい、許してもらいたいって思ってた気がする。でも……」

「でも？」

「でも、私がどれだけがんばっても、どのみちだめかなって今は思ってる」

「そうだな。どのみちだめって思ってるならさ、思い切ってみなよ。今の状況がイヤなんだろ?」

「ですね。だって、もう1年半ですよ」

「『おはよう』って言って、突然抱きつくのどうだ?」

「無理、無理。全然そういう空気じゃないの」

「じゃあ……」

所長は冗談めいた作戦をいくつも考えてくれたけど、どれもできそうにない。

「わかった、じゃあ、これだ。笑顔。笑顔の魔法だ」

「笑顔の魔法?」

「家で笑顔で過ごしてみなよ。旦那とは今までどおりでいいからさ、表情だけ変えてみな」

笑顔の魔法——その言葉は、すごく心の中に残った。

笑顔の魔法を信じて

「ねぇ、パーティーしよう」

所長と会った日の夕方、私は子どもたちにこう声をかけた。

「パーティー?」

「なんの?」

「なんのってわけじゃないけど、パーティーしたくてさ。しない?」

「いいよ、楽しそうじゃん」

「うん、やろう、やろう!」

折り紙で輪飾りを作って部屋を飾り、画用紙で作ったトンガリ帽を4人で被った。キャッキャ、キャッキャと家中に笑い声が響く。

「カカァ、こういうの、楽しいね」

「うん、今までさ、カカァ元気なかったでしょ。絶対今日みたいなほうがいいって」

「心配させちゃったね。カカァね、決めたんだ。笑顔の魔法をかけるって」

「笑顔の魔法？　それ、なんかいい言葉じゃん」

「ステキだと思う！」


玄関の鍵の開く音がした。夫が仕事から帰ってきた。

「おかえりなさーい」

子どもたち3人が揃って声をかける。

私は笑顔のまま、夫のほうに顔を向けた。

「ただいま。……何これ？」

「パーティーだよ。とーさんもやろう」

「……俺はいいや」

夫はすぐに奥の部屋に入ってしまった。

けど、これでいいんだ。いつか笑顔の魔法は夫に届くはずだから。

毎日を笑顔で過ごしていると、私の気持ちに変化が出てきた。

「どのみち終わるんだ。やってみるか」

話しかける決心がつき、夫が仕事をしている奥の部屋に向かった。

改めて扉を前にすると、ものすごく分厚い氷が目の前にあるような気がしてくる。ドアノブを見ただけで、人生で一番と言っていいほどの緊張を感じた。ちゃんと声を出せるか自信がなくなってくる。

無視されたら……そのときは、そのときだ。

深呼吸をし、頬に指を当てて、笑顔の練習をする。これで、よし。私には笑顔の魔法がかかっているんだ。

ゆっくりと腕を伸ばし、ノックをしてからドアを開けた。

「今、大丈夫？」

笑顔で声をかけた。

夫は振り向き、驚いた表情で私を見る。

「なに？」

「あのね……えっと……お願いがあるんだ」

「なに？」

温度のない夫の声で、緊張が爆発しそうだ。でも、勇気を振り絞ってドアを開けたんだ。引き返したくない。

「『おはよう』だけ、お願いできないかな?」

両手を顔の前で合わせ、ニコッと笑って見せる。

「あのね、『おはよう』もないって、すごいつらいんだよね。おはようだけでいいから、言ってもらえないかな」

「おはようを言えばいいのね。わかった」

もう一生口をきいてもらえないと思っていた。夫が私に向かって言葉を発した。泣いてしまいそうな口元の震えを隠したくて、

「え!　本当?　よかったぁ、ありがとう!　じゃあ明日からね」

と口早に返し、笑顔を見せた。

ドアを閉め、私はガッツポーズをした。話の際中、実際に笑えていたかどうかはわからない。

次の日、約束どおり、夫と私は「おはよう」と言い合った。

それから私は、いろんな理由を探しては夫に笑顔で話しかけた。

「今、大丈夫？」

「なに？」

「見て、このトマト！　美味しそうじゃない？」

「ああ」

「さっき、森平さんにもらったの。ほら、こんなに真っ赤」

「うん」

「よかったら食べて！　冷やしとくから」

「わかった」


しばらくすると、夫にも変化が出てきた。

「トマトの味、悪くなかった」

笑顔はないけれど、夫からも話しかけてくるようになった。

笑顔を始めて3カ月ほど経ったその冬。

「カカァ、カカァ！」

「どしたの?」

「とーさんが初日の出、見に行こうって」

「そんな時期か。コロナで行けてなかったもんね。よかったね!　行っておいで」

「違うよ、カカァも一緒に行くの」

「カカァはいいよ」

「とーさんが一緒に行くって言ってるの」

「とーさんが?」

「そう」

「本当に?」

「ほんと」

初日の出を見に行くのは我が家の恒例行事だった。2年弱続いた家庭内別居に雪解けが来たのかもしれない、と思えた。

家族リニューアル

「同じ空気吸うのも無理」とまで言われた日から考えると、家族みんなで初日の出を見に出かけるなんて思ってもみなかった。

みんなで車に乗り込んだが、私は定位置だった助手席ではなく、後部座席に座るよう促された。家庭内別居をしていて当然といえば当然だ。

初日の出スポットに向かう車中、子どもたちははしゃいでいたけれど、私と夫の会話はない。後ろの席から眺める景色は切ないものだった。

「関わらない日常」に戻ったあとも、とにかく笑顔の魔法を信じ続けた。私は夫へのさりげない声かけをあきらめなかった。

そうしているうちに、ちょっとした買い物などを家族で行こうとしてくれるようになった。

ある日、定位置となりつつあった後部座席に座ろうとしたとき、夫が言った。

「隣に座れば」

いいの？　と聞くのは野暮だと思った。その一言は、夫が2年間の沈黙を破って示してくれた精いっぱいの言葉なのだ。小さく息を吸い込み、「助手席失礼しまぁす」と満面の笑顔で座った。

たくさんのことを壊してしまった自分を責めてきた。その反面、あわよくば許してもらえないかと、かすかな期待があったから笑顔の魔法を信じ続けた。期待していたくせに夫の情から生まれたであろう配慮に、申し訳なさとありがたさでいっぱいになった。

座り慣れていたはずの久々の定位置は、説明できない座り心地だった。

私は窓の外を見ながら運転中の夫に気づかれないよう、涙を拭いた。

助手席に座るようになったあたりから、少しずつ会話というものができるようになってきた。ぎこちなさはあったが一緒にコーヒーを飲みに出かけたり、映画を見にいったりするようになった。

家族みんなで過ごすことも増え、その年の夏には北海道へ旅行にも出かけた。

家庭での私はとにかく明るく装った。北海道旅行でも、私は楽しそうに振る舞い、常に気を張っていた。楽しかったと言えば楽しかったけど、帰ってくると、こみ上げるような疲れが出た。

ある夜、夫に話しかけられた。

「ナナちゃん、俺、ずっと考えてたことがあるんだよね」

「なに?」

「ナナちゃんがインフルエンザになったときのこと、覚えてる?」

泣いてまで懇願したあの日を忘れるわけがない。

「覚えてるよ」

「あの日、『休みとって』って言ったじゃん。泣いて俺に訴えたよね。なんで休まなかったのかなって、今になって思うんだ。有休だってあるんだから、会社なんて休んで、もっと旅行とか行けばよかったって思う」

「……そう思ってるんだ」

「子ども3人生まれて、俺が食わせていくんだ、会社に食らいついていかなきゃって、そのころ俺も必死で。あの日ひとりにしてしまって、ナナちゃん、ごめんね」

夫も歩み寄ろうとしてくれている。うれしさがこみ上げてきた。同時に、やっぱり二度と失敗は許されない、と強く思った。

夫に合わせてなんとかうまくやってきたが、2、3カ月経ったころ「子どもたちの食事からも肉を抜こうと思うんだけど、どう?」と夫に提案された。

「え?　子どもたちも?」

突然の言葉に愕然とした。夫と私が肉を食べないのはいいとしても、成長期の子どもたちに肉を食べさせないのは、どうしても賛成できなかった。

「それはかわいそうなんじゃない?」

とっさに口に出してしまった。

「かわいそう?」

「子どもたち、お肉好きだし」

私はとりつくろうように笑顔で言った。

夫の空気が変わる。

「なんにもわかってないね」

「わかってる。わかってるよ。私はただ……」

あれ？　前にも同じやりとりが……。

こわい。息が苦しくなる。

私の立っている床が、地面が、グラグラと揺れはじめる。

「ねぇ、この話はやめよう。ごめん！　ごめんなさい」

「ナナちゃんにはあきれるよ」

どうして？　うまくやってきたのに。

「ちゃんと、話し合おうよ」

違う！　違う！

「いや、もう何もわかってないよ！」

夫はそう言い放つと、部屋を出ていった。

同じ舞台に立って対等に話そうとしただけなのに、バン！　と真っ暗になった。舞台の電気は夫に消された。

家族の形を崩したくない。夫の価値観に家族みんなで合わせていく。崩したくない、崩したくない……形がない泥のようなものを必死でかき集めて形にしようとする自分がいた。

「ねぇ、この家族の形、幸せ？」――私の心の声がする。

心からの避難警報

「テレビは置かない」「車は処分しよう」……。

夫の価値観がどんどん鋭く偏《かたよ》っていくようになった。

夫の考え方について相談しようとすると、「やっぱり、根本的なところが変わってない」「あなたにはがっかりだ」と繰り返すだけで、話しても意味がないととり合ってくれない。

家庭内別居の日々がよみがえってくる。またあの日々に戻ったら、私がつぶれてしまったら、子どもたちを守る人はいない。私は自分を守らないといけない。

「逃げるんだ！　逃げろ！」――心の中では真っ赤なランプが激しく点滅している。

頭の中で警報が鳴っているのに、経済的な不安がからみついて金縛りのようになってしまう。でも、思いつく限りの不安要素を天秤にかけても、このままではいけない。またうつ病になること、家庭内別居をすることは、子どももろとも地獄に落ちることを意味する。

動け！　動け！　子どもを守れ！

やるしかない。子どもを連れて「避難」を決心した。

私は誰かに頼らざるを得ない状況に立たされた。私は幼稚園のお母さん友だちに電話をした。

「もしもし、ナナです」

「もしもし？　どしたの？」

「お願いがあって……。子どもと私とでね、家を出ることにしたの。荷物運び出すの手伝ってもらえないかな？」

「そっか。うん、いいよ」

「ありがとう」

「やっと頼ってくれたね」

「え？」

「ナナちゃんが頼ってくれるの、待ってたよ。みんな思ってるよ。だってナナちゃん、全部ひとりでがんばるんだもん」

その言葉は、心に着込んだ重いコートを脱がせてくれたような気持ちにしてくれた。

「じゃあ、もうひとつお願いしていい？」

「いいよいいよ」

「車あるけど、私、運転下手で……」

「知ってるよ！　大丈夫だよ」

「……ありがとう」

これまで私は、いつも「ありがとう」と「ごめんね」を条件反射のようにセットで使ってきた。そこに気持ちはない。

でも、弱さをさらけ出し、手を伸ばし、その手をつかんでくれる人がいたとき、「ありがとう」は湧き出る言葉なんだと知った。

しばらくして数名のお母さん友だちが来てくれた。

「家を出ます」と伝えたとき、夫は何も言わなかった。

私たち4人は、家からそう遠くないワンルームに移った。

決心して飛び出したものの、夜になると、これでよかったのかという気持ちが波のように押し寄せる。私は子どもたちからお父さんを奪ってしまった。本当に子どもたちを食べさせていけるだろうか？

こんな状況に陥った場合は、普通は実家を頼るのだろうか？

私にはそれができない。悔しさがこみ上げてくる。

がんばっても、子どもたちを大学には行かせてあげられないかもしれない。いや、大学どころじゃない。もし私が病気になったら……。いろんなことが頭の中で渦巻く。

それでも、選択は正しかったのだと強く信じ続けることしか、自分を保つ方法がなかった。

「ねぇ、今日の夜ごはん、ピザ取っちゃう？」

「ピザ？　食べたい！　ぼくね、一生食べられないと思ってたんだ」

「そうしよっか！　ピザパーティーだ！」

「やったー、やったー」と口々に言いながら、子どもたちはハイタッチをして喜んでいる。

私は携帯電話を取り出す。

「ねぇ、カカァ」

「どした？」

「とーさんは、なんでお肉が嫌いになっちゃったのかな？　前から聞きたかったんだけど……」

「聞けなかったんだね……そうだよね」

「今日からは食べちゃえ！　もうガマンなんてしないぞ！」

「そうだ！　そうだ！」

湧き出てくる不安を、私は言葉で打ち消していった。

数年ぶりのジャンクフードにはしゃぐ子どもたちの姿は、私を不安から救ってくれた。

私と子どもたち4人の生活が始まった。

逃げるように飛び出した生活に余裕はない。

長男が中1、長女は小6、次女が小5。家具付きのワンルームは、4人が入るとギュウギュウだ。冷蔵庫はビジネスホテルにある1人用サイズ。シンクはどんぶりをひとつ置けばいっぱいになる。

キッチンはというと、まな板を置くスペースは、ひとつしかないコンロの上。そんな狭さだから、床に食材を置くこともしばしば。ここで食べ盛りの子どもたちの食事を作る。

大きな溜め息が出てしまいそうな状況だけど、私の心は晴れていた。食べたいものを作る、ただそれだけのこと。なのに、鼻歌に合わせてお尻を振りながら、久しぶりに作るカレーに心が躍っていた。

自分の城を手に入れた。

あくまでもそれは私だけが感じていること。子どもたちは突然の環境の変化に戸惑ったと思う。布団は2人で1組。大好きなゲームもない、いるはずの父親もいない。ただ子どもたちは文句ひとつ言わなかった。

家から遠くない場所に移ったのは、夫が変わってくれるかもしれないという淡い期待があったからだ。

しかし、夫は変わらなかった。今にして思えば、不要な期待だった。むしろ態度を硬化させた。家を出たことを「裏切り」と捉えたようで、私たちとの距離はそのまま開いていった。

一方、私たちが家を出たことで、お母さん友だちからの意外な意見を聞くことができた。

「ナナさんがあまりにも旦那さんを褒めるから言えなかったけど、話を聞いてて、『ん？』って感じることがあったよ」

「あれしてくれた、これしてくれたって、無理して感謝してる感じがあったよね」

「あの食事制限は、私だったら3日も持たないわ」

などと、これまで感じていたことを正直に話してくれるようになった。

中には、「はっきり言って、旦那さんがしてきたことは、ナナちゃんへの虐待だよ」と怒ってくれる人もいた。

「家族を壊してはいけない」と思うことに必死だったから、周りの声に聞く耳を持っていなかったことに日々気づいていく。お母さん友だちの言葉が、すんなり耳に入ってくる。けれど、家族を壊したと思う私の選択が正しいとはまだ信じきれない、いや、信じたくないむずがゆさがあった。夫は、父親としての振る舞いは申し分なかったから。


家を出て数日後、息子とスーパーへ買い物に行った。

「ぼく、お菓子見てるね」

「わかった。2人の分も選んでね」

「オッケー」

この野菜は有機栽培してるかな？ このドレッシングの内容は……。

相変わらず生産地や成分表などを細かくチェックしている自分にハッとした。もうそんなに神経質になる必要はないのに、クセになってしまっていた。自分でもイヤになる。買いたいものを買おうと自分に言い聞かせる。

それでもウインナーやベーコンを前にすると、どうしても手を伸ばせない。砂糖や加工食品は〝毒〟だとさんざん言われ続けてきたから、食べてはいけないという強迫観念が抜けない。

バサッ。

あっ！

カゴにウインナーが放り込まれた。息子だった。

「もう気にしなくていいんだよ。カカァが買えないなら、ぼくが買ってあげるから！」

息子は真剣な表情で私を見ている。

「そうだよね、もういいんだよね」

「ぼくね、カカァらしくないってずっと思ってた。とーさんの顔色見て、合わせてたよね」

「そう見えてた？」

「うん。わかるよ。カカァらしくなってよ」

「……ありがとう。なんか、おっきくなったね」

「ぼくのこと、頼っていいからね」

子どもは小さな存在で、私が守ってやらないといけない。そう思ってきたし、そう強く誓って家を出た。でも弱い存在なんかじゃない。私の気持ちを感じとりながら、背中を押してくれている。

それは息子だけではなかった。

長女は「カカァ、家を出た日から、お守りのお薬を飲んでないこと、気づいてる？」と言いながら、いたずらっぽい顔をする。

そう言われれば、あれから一度もパニック時の安定剤（私は「お守り」と呼んでいた）を飲んでいない。

一番下の次女のことは、特にケアが必要だと思ってきたけれど、彼女も力強く背中を押してくれる仲間となってくれた。

洗濯をするときに、「香り成分が入っているものはやめよう」と夫に言われ、柔軟剤を使うのをガマンしてきたけれど、これからは自由に使える。

私はお気に入りの香りのする柔軟剤を買って、ウキウキした気分で家に帰った。でも、いざ洗濯機を前にすると、右手にボトル、左手に計量カップを持ったまま固まってしまった。

その様子を見た次女が声をかけてきた。

「カカァ、何やってんの？　あ、入れていいのかなって思ってるでしょ？」

「……うん」

「あのねぇ、入れていいんだよ！　カカァの好きな香りでしょ。好きなことやりなよ。もう、カカァを責める人はいないよ」

「うん……」

それでも、ウインナーの棚の前に立ったときのように締めつけてくる罪悪感に、腕が動かせない。

「もう！」

次女は、計量カップを持ったほうの私の腕をつかみ、思い切り傾けた。

「あ……」

「もっと入れちゃえ！」

今度は私の手からボトルを奪い取り、洗濯機にふた回しした。

「洗濯終わるの楽しみだね！　カカァ、一緒に干そうね」

「あ……りがとう」

「自分の好きなように生きて！」

私は日々、子どもたちにエールを送ってもらった。
家を出て3カ月後、私と夫の離婚が成立した。

◇エッセイ④　どんぶりトリオ

子どもたちが2歳・3歳・4歳のころだったかな
慣れない子育てに押しつぶされ
泣きながら家を飛び出したことがあった
旦那には申し訳ないけど
とにかくひとりになりたくて
お母さんをやめたくて

と、思ったのに
ついついオモチャ売り場
ついつい子ども服売り場
結局、ひとりになっても、どこにいても、
頭の中はお母さん

なんとなく入った陶器屋さんで
やっぱり子ども用のどんぶりを手に取ってしまった

それまでの子どもたちのお皿といえば
落としてもいいようなプラスチック皿
ちゃんとした食器、使ってないなぁ

小さなどんぶりを3枚
お店の人に選んでもらう
お皿の裏に指で「カンカン!」と音を響かせ
選んでくれたのを今でも覚えている

ひとつの物を時間をかけて選ぶ
とても素敵な買い物をした
今日の家出はこれで許してもらおう

新しい陶器のどんぶりに子どもたちは大喜び！
それからの食卓では3枚のどんぶりが主役となった

カレーもたくさん食べたね
うどんもたくさん食べたね
大好物も、苦手なものも
いろんなものを食べたね

食卓の主役どんぶりトリオは
子どもたちの成長につれていつしかお茶碗トリオに
「このどんぶり、ちっちゃくなったねー」
と言われるようになった

このどんぶりも、もう卒業かなぁ……と感じた瞬間

涙がとまらんくなった
1日3回、朝昼晩
このどんぶりに注いできたのは
食べ物だけじゃない
愛情や苦労や
笑いや涙やら
そんなこんながてんこ盛り
どんぶりだけど気持ちは戦友

この先も子どもたちが大きくなるたびに
たくさんの物との卒業があって
一生懸命やってきたからこそ
必死に悩んできたからこそ
そこにはたくさんの想いがあって

きっとそのたびに私は泣くんだろうなぁ
そんな「物」への想いを忘れたくない

それでは改めまして
どんぶりトリオ

「ありがとうおつかれさまでした」
お孫ちゃんのときにはまたよろしくね♪

5章　ヒーロー誕生

伯母からのSOS

住めば都とはこのこと。新しい家族の形のスタート、それと不便なこの部屋との付き合い方に少しずつ慣れはじめたころ、朝一番で電話が鳴った。

「ナナちゃん！　助けて、死ぬ！」

広島の伯母だった。

「どしたん？　おばちゃん落ち着いて」

状況がまったく飲み込めなかった。

「こわい――。死ぬ――」

私が何を聞いても、伯母は「こわい」と「死ぬ」を繰り返すだけ。まったく会話にならない。

「大丈夫だよ。大丈夫だよ。ゆっくり息を吸って。大丈夫」

私は混乱しながらも「大丈夫」を繰り返した。

伯母はようやく啜《すす》り泣きに変わってきた。

「おばちゃん、大丈夫だから。少し待てる？　すぐにかけ直すから、少しだけ待てる？」

伯母は震える声で小さく頷くような反応をした。

私は考える間もなく、この世で一番頼りたくない相手に電話をかけた。


ひょうひょうとした声。母は相変わらずだ。

「挨拶とか細かい説明は後で必ずするから、おばちゃんの様子を見てきてくれない？」

「どしたん？」

「私もわからん。でも今すぐ千葉を出たって5時間はかかるから、今お願いできるのはお母さんしかおらん。お願い！　様子を見てきて！」

「なんでぇ？　なんでそんなことせんといけんの？」

私は口調を改めた。

「お母さん、お願いします。お母さんしかいないんです。ただ様子を見てきてもらえればそれだけでいいです。お願いできますか？」

「ナナちゃん、お母さんこれからお客さんと会うんよ。３００万の契約なんよ。おばちゃんとこ行ったらそれ以上もらえるんなら……」

母が言い終わる寸前に、私の中の何かが噴き出した。

「アンタ、どこまで人間腐っとるんよ！　アンタが放棄したこと、全部おばちゃんがやってくれたんでしょうが！　おばちゃんのほうがよっぽど母親じゃったわ！」

母をここまで罵《ののし》ったのは初めてだった。

しかし、母はまったく取り合うことなく、相変わらずのひょうひょうとした声で言った。

「母親なら、じゃあナナちゃんが助けてあげたらいいんじゃない？」

私は答えずに電話を切って、スマホを布団に叩きつけた。

でも怒り狂っている場合ではない。すぐさま気持ちを切り替えて、福岡にいる父に電話をかけた。

今度は母のときとやり方を変えた。慎重に言葉を選び、状況を冷静に伝えることに全神経を使った。

ひととおり話を聞き終えた父は、昔のように少し間を置いてから、ゆっくりとした口調で話し始めた。

「ナナ。おまえがしようとしていることは偽善だ」

私は静かに目を閉じて怒りを押し殺した。

「よく聞け。おまえが今抱えているものはなんだ。おまえはこれからひとりで子どもを育てていくんだよな？　最優先なのは、子どもと自分の生活なんだぞ」

父の口から出た「最優先は子ども」――その言葉は、もう痛まなくなったと思っていた私の古傷を深くほじくり返した。

どの口が言ってるのか。あなたは孫たちの顔どころか名前さえ知ろうとしないくせに。

その間にも父の説教は続く。

「大した覚悟もないやつほど口だけなんだ。おまえはヒーローにでもなったつもりか？　子どもを巻き込むぞ。やめておけ」

私はぶるぶると唇を震わせながら、「わかりました」とだけ言い、電話を切った。

クッションを抱え、狭いトイレに駆け込んだ。顔を埋めて力の限り泣き叫んだ。時間にして5秒ほど。

わかっていた。

私が必死に手繰《たぐ》り寄せるロープの先には何もない。そんなことはわかっていた。わかっていた。わかっていたのに……。

「もしもし、おばちゃん。私が今から助けに行くからね。大丈夫だよ」

伯母は泣きながら「ごめんなさい」を繰り返した。

「大丈夫、大丈夫だよ。私が行くからね」

電話を切って、大きく息を吸い、両手で頬をパンと叩いた。

覚悟を決めてトイレから出ると、3人の子どもたちが待ち構えていた。

「おばちゃんに何かあったの？」と息子が聞いてきた。

私はベソをかいた顔を整えながら、うなずく。

「広島に行ってもいいよ。ぼくたちなら大丈夫。お米も炊けるし」

私を真っ直ぐ見つめながら息子が言った。4人で暮らしはじめてから、「小さいお父さん」になろうと一生懸命だ。

「ありがとう」と私は言った。

長女は「夜は遅くまで映画見てていい？」とワクワクしながら聞いてくる。

次女は「早く行きなよ～」と意地悪げに笑う。

私はこれから抱えるであろう不安な気持ちを打ち明けた。

「カカァがおばちゃんとこ行っても、なんにもなんないかもしれない。あなたたちを巻き込むかもしれない」

「でも、カカァがそうしたいんでしょ？」とさえぎるように息子が割り込んだ。「カカァがやりたいことをやりなよ。ぼくたちにもそう言い続けてるじゃん」

涙腺が緩む。3人の姿がにじんでくる。

「でも、迷惑が……」

「え、迷惑？　もう十分かけられてますけど。まさか全然かけてないとでも思ってたの？」

子どもたちはケラケラと笑う。

「迷惑かけます！　でも付いてきてください！　もうそれでいいじゃん！」

朝早くから、子どもたちに急かされるようにして家を出た私は、広島に向かう新幹線に飛び乗った。新幹線のシートに座っていると、昔の記憶がよみがえってきた。

あの日、福岡で心が割れる音を聞いた。

あの日、号泣しながら誰も信じないと誓った。


ねぇ、あの日の私、聞こえますか?

殴られなくても、あんなに胸が痛いんだね。

つらかったね。

かわいそうだったね。

あと数十年がんばって。

腐らず、恨まず、真っ直ぐそのまま歩いておいで。

全力で応援してくれる仲間たちに出逢うよ。

すばらしい仲間たちだよ。

その仲間たちのお母さん、誰だと思う?

大きくなった私だよ。

ゴミ屋敷からの移送

伯母の住むマンションには昼過ぎに到着した。エレベーターの付いていない古い建物の階段を、4階まで駆け上った。

玄関のドアに、カギがかかっていない！

「おばちゃん、入るね」とひと声かけ、ドアを開けたら、もわっとした異臭が鼻に飛び込んできた。思わず顔をそむけながら、家に上がろうとしたところ、玄関は靴を脱ぐ隙間もないほどのゴミであふれ、それが部屋のほうまで続いている。

何がどうなっているのか、状況がのみ込めないまま部屋に向かうと、ますますわけがわからなくなった。私の知っている伯母の家ではない。いわゆる「ゴミ屋敷」がそこにあった。

カーテンが閉め切られて薄暗くなっていたが、伯母の糖尿病治療に使った注射針やら、脱ぎ捨てられた衣服、そのままのコンビニ弁当やカップラーメンの空き容器、それらがごちゃごちゃに散乱しているのがわかった。

ゴミの積もり方からすると、この状態になって1年くらいは経っているのではないか。おまけに夏の暑さもあって、異臭が耐えがたいほどひどい。

幾層にも重なったゴミ山のわずかな空白スペースに、伯母は横たわっていた。

私が近づいていくと、よれよれの服を着た伯母が腕にしがみついてきた。

「迷惑かけてごめん。死にたくない！」

「おばちゃん、大丈夫だよ」と言って落ち着かせようとしたが、伯母は朦朧《もうろう》とした状態で、何を聞いてもまともな受け答えができない。

私はすぐさま救急車を呼び、伯母を救助してもらった。

病院に向かうまでの車内で伯母の状況を聞かれた。

いつからこの状態なのか？　ふだんの食事はどうしているのか？　かかりつけの病院はあるか？　介護認定は受けているのか？

何も答えられなかった。

「本当の母」のように私を育ててくれた伯母とは、大人になってからも頻繁に電話はしていた。それなのに、こんな状態になっているとはまったく気づかなかった。今朝、混乱した電話をかけてくるまでの伯母はいつもどおりだったから。伯母も私に知られたくなかったのか、その素振りは微塵《みじん》も見せなかった。

「すみません。わかりません」と繰り返すしかない私は自分の情けなさを呪った。

糖尿病を患っていた伯母は自分でインスリンを注射することができなくなり、低血糖を起こしていた。だいぶ前からうつ病を併発していたことも、散らばっていた薬袋からわかった。

私は伯母の生活状況などをわかる限り説明し、しばらく入院させてもらえるか病院に頼み込んだ。

糖尿病が重いこととコロナ禍というのもあって、入院できるのは最長でも2週間だという。その間に、私は伯母が入所できる施設を探しながら、介護認定を取り直す必要がある。その前に通帳や印鑑をあのゴミの山から発掘しないといけない。


それからの私は千葉と広島を往復した。

家事などを手早く済ませ、子どもたちの食事を用意したら、すぐに広島に向かう。広島駅に到着後はタクシーで病院へ直行し、役所に行く。

それが終わると、ゴミ屋敷を少しずつ片づける。でも、なかなかはかどらない。

身内が身内の物を片づけるのは「思い」が邪魔になることを知った。

私が送った手紙が開封されていない状態で見つかる。敬老の日にプレゼントしたハンドクリームも包装された状態でゴミの中から見つかった。伯母の字で書かれた日々の細かい内容のメモ書きもたくさん見つかるのだ。進んでいく認知能力の低下に伯母自身が困惑した様子を想像してしまう。

どんな気持ちで私と電話をしていたんだろう。気づけなかった自分に対しての苛立ちと、情けなさと、蒸し暑さとで吐き気にも似た気持ち悪さが込み上げる。

それでも少しずつ見切りをつけ、舞い上がる埃を避けるために着たレインコートで汗だくになりながら、4階から1階までを何度も往復した。

片づけの合間に、伯母を受け入れてもらえそうな施設に片っ端から電話をかける。断られるたびに絶望的な気持ちになった。

結局、退院の期限までに伯母の入所先は決まらず、入院期間を延長してもらえるよう頭を何度も下げて頼み込んだ。

伯母はというと、私が子どもたちの世話をおざなりにしてまで必死に駆けずり回っているのに、面会のたびに「死にたい。ナナちゃんが殺してくれるのが一番いい」と言う。

生きることを放棄したいと繰り返す伯母の言葉にうんざりしてしまう。いっそ投げ出してやろうかとも思った。

そうした気持ちに陥ると、父の『偽善者』という声が心の中に響きだす。

唇を噛みしめ気を取り直すも、すでに私の体も精神も限界にきていた。

「もうがんばれない……」ゴミの中で立ち上がることができなくなった。そのときふと、以前働いていた介護施設のことが頭に浮かんだ。すでに所長は退職していたが、そのとき同僚だったケアマネさんなら何かいい方法を授けてくれるかもしれないと思い、電話をかけた。

私が伯母の現状をできるだけ手短に説明すると、ケアマネさんはあっさりと言った。

「千葉に連れて来れますか？　すぐ手配できますよ」

拍子抜けするとはこのことだった。あまりにもあっけない回答に力が抜けた。

私は伯母からＳＯＳの電話を受けてからの経緯を話した。

私の話にじっと耳を傾けてくれていたケアマネさんは言った。

「それ、ひとりでされてきたんですか⁉　大丈夫ですよ。ここからは私が病院と連携をとりますからね。伯母さんのことは一緒に考えましょう！」

力が尽きかけていた私には救いの言葉だった。ゴミ山の中で、泣き崩れた。

なぜ今まで思いつかなかったんだろう。またすべてを一人で抱え込んでいたと限界になってから気づく。


伯母を千葉に移送するのは、想像以上に大変だった。

新幹線に乗せ、病院で教わったインスリン注射を施し、お弁当を食べさせた。

すぐに「死にたい」と口にするので、小さいころの思い出話をして気をまぎらわせた。

ようやく東京駅に到着すると、受け入れ先の施設のほうで介護タクシーを用意してくれていた。時間外にもかかわらず、看護師さんも同乗してくれた。

配車代はかなり高額になるだろうと覚悟したが、「ナナさんが一生懸命だから」という理由で管理者の方は受けとらなかった。

ここに至るまで「つらい」と一言も言えなかった私にとって、身に染みる温かさだった。

伯母は私の家から車で10分ほどの施設に入所した。

ポンコツヒーロー

無事に施設に入所できたものの、伯母の状態は安定しなかった。「死なせてくれ」と懇願したかと思えば、「はよ広島に帰りたい」と駄々をこねる。

やっと一段落して、おざなりにしていた家のこと、子どもたちのことに力を注げるかと思っていたのに、そのたびに振り回される私はイライラしていた。

そんなときに支えてくれたのが周囲の人の言葉だった。

「すごいことよ。誰もができることじゃないよ。ナナさんが伯母さんを救ったのよ」と励まされた。

伯母が感情のままに放つ言葉に耐えられなかったが、「病気がさせていることだから」と言ってもらえると、胸に刺さる痛みが和らいだ。聞き流せる余裕のないときは施設の方に伯母の相手を頼むこともできるようになった。


本当に助けられて感謝しかない。なのにまたムズムズと落ち着かなくなる。

私の中で、ありがとうの気持ちより、ごめんなさいが大きくなってきたからだ。

なぜこんなにも頼れないのか、なぜ助けてが言えないのか。

その答えをずっと探していた。

私は親から「無条件の愛情」を感じたことがなかった。

幼心に、思うように生きることは許されないと思った私は、親に認めてもらいたいと望むことさえあきらめた。

そういう生き方に疑問を持たないほうが楽だと、自分をごまかし続けてきた。

でも、それはごまかしではなかったことにようやく気づいた。

ごまかしてきたのは疑問ではなく、自分の心だった。自分の弱さを認めることができなかったのだ。

頼らないわけでも、頼れないわけでもない。

「あんな親のようになるもんか！」という親への「反発的執着」を言い訳に、自分の弱さを認めることができなかった。

その執着こそが自分の人生を生きていない、何よりの証拠だ。

この呪縛のような生き方を終わらせるには、誰にも頼らず生きていくことではない。

苦手なこと、できないこと、自分の許容の限界を、素直に認めることなのだ。

私は、強く強く握りしめてきた生い立ち、トラウマ、しがらみを手放した。

「もうがんばれません」それが言えた日、私はようやく自分に降伏することができた。


伯母が施設に入所して半年ほど経ったころ、伯母の個室を訪れた。

伯母は窓を開け、風に揺れる木々を眺めていた。

「調子はどう?」と私は声をかけた。

「風がね、とっても気持ちいいよ」

伯母はそう言って小さく微笑み、穏やかな表情で付け加えた。

「ナナちゃん、生きててよかった。ありがとう」

私の中の張りつめたものが一気に緩んだ。伯母の背中に抱きつくと、子どものように大きな声で泣いた。

「生きててよかった」伯母のその言葉を聞いたとき、大変だったね、もう大丈夫だよ、と私自身をしっかりと労《ねぎら》った。

思い起こせば伯母から電話がかかってきたとき、自分が何をしようとしているのか、深く考えてはいなかった。自分でもよくわからないまま、半ば衝動的になりふり構わず伯母のところに駆け出していった。

周囲の協力をあてにして行動したわけではないけれど、結果的に周りの人を巻き込み、その人たちの親切に助けられてどうにか伯母を救出できただけ。

無謀な行為と言われても仕方ないし、父の言うとおり「ヒーローにでもなったつもり」かもしれない。

でも、誰かが助けを求めているときに、その手をつかむのか振り払うのかを考えたり、損なのか得なのかを考えたりしたくない。重要なのは、そうしたいかどうかだから。

私は「迷わず手をつかむ」人でありたい。

生い立ちこそ酷かったけれど、とにかく必死に生きて目の前に現れるトラブルに背中を向けることはなかった。

そういうときの私の姿は「ヒーロー気取り」ではなく「ヒーロー」であったと思う。

その背中を子どもたちに見ていてほしい。

これがあなたたちのお母さんなんだと。

迷惑をかけないために自分を押し殺すことが、どれだけ独りよがりだったかを教えてくれた「最強の仲間」たちに。

「迷惑かけていいんだよ」と教えてくれた「無条件の仲間」たちに。


自分が頑《かたく》なすぎて気づかなかったけれど、その無条件の優しさに囲まれていた。

子どもたちだけじゃない。私の世界には応援してくれる優しい人がたくさんいた。

弱さを見せられるようになってからは、さらに仲間が増えた。

その仲間のおかげで、本来の持って生まれた自分らしい強さを取り戻しつつある。

自分を信じて進む強さを。

私はカンペキなお母さんにはなれなかったけど、人に囲まれ応援されるヒーローみたいなお母さんにはなれた。

私は40年間、虐待を受けてきた自分を「親にさえ捨てられてしまうようなポンコツな人間」だと恥じてきた。

でも違う。

自分の価値は自分が決める。

もう人のために自分を殺さない。

どうありたいか、どう生きるかは、自分で選ぶ。

私のようにカサブタだらけの心を抱えたまま、もがいてる人たちに向かって叫びたい。

〈あなたは何も悪くない。あなたはあなたでいいんだ〉と。

そして〈あなたがトラブルだと感じるすべてのことはチャンスに変わる〉と。

その声を届けたくてラジオの放送を始めた。番組名は『虎《トラ》ブルチャンス』。

自分の半生を振り返り、魂を込めて話している。

自分らしく生きていない時間が長いと、自分らしささえわからなくなってしまうから、まるで玉入れのように何度も繰り返し言葉を投げつける。

リスナーからの反響が届く。
『ずっと母親から逃げていました。きちんと向き合おうと思います』
『今日は子育てが嫌になりました。でも明日もがんばろうと思います』
『飾らないありのままの言葉に感動します』

私の言葉が誰かの心に届いているという実感がある。
これからも等身大の私のまま言葉を届けていきたい。
どうか自分を大事にしてね。あなたが思う生き方でいいからね。
あなたが思うお母さんでいいんだよ。

そしてこの本を書いた。
自分を誇らしく思えるようになった証として。
お母さんを孤独にしないと宣言するために。
私は『ポンコツヒーロー』であり続けたい！

◇エッセイ⑤　三角の角

どんなときに人を「大切」にしていると感じますか？
わたしは「食べ物の一番おいしいところをあげるとき」

なので子どもが生まれてからは
スイカのてっぺんを食べていない
そこが一番甘くておいしいから
少しくらい食べちゃえばいいのにね
でも一番おいしいところは
大事な人に食べてほしいと思う

カカァは皮の境目の味のうっすいとこで
スイカを食べた気分を味わうのです

そして子どもたちも学ぶのです
てっぺんが一番甘くておいしいことを

今ではスイカを出すと
ひとりずつてっぺんをカカァに向ける
「ここひとくちどーぞ!」
てっぺんが3倍になって戻ってきた
みんなでおいしいが
「一番のおいしい」ってことを教えてもらった

誰かを大事にすることばかりを考えて
自分を後回しにしたり、ガマンしたり
それもステキな「大切」だけど
その大切な誰かも
相手を大切にしたいと思ってることを忘れちゃだめね

自分を大切にしてこそ
大切なひとを大切にできるってこと

著者プロフィール

タカハシ ナナ

1980年、広島県生まれ。3児の母。

作家、エッセイスト、ラジオパーソナリティ。

映画「ママをやめてもいいですか⁉」に出演。「みんなでハッピーになるんだ！」をモットーに、ママを孤独にしないイベントを開催。

Instagram 77nana__11
ゆめのたね放送局「虎ブルチャンス」ラジオ配信。

撮影：なかがわさとみ

ポンコツヒーロー

2024年10月22日 初版第1刷発行

著 者 タカハシ ナナ
発行者 瓜谷 綱延
発行所 株式会社文芸社
〒160-0022 東京都新宿区新宿1－10－1
電話 03-5369-3060（代表）
03-5369-2299（販売）

印刷所 TOPPANクロレ株式会社

ISBN978-4-286-24818-9